U0080981

巷 五 條 石

路 如 切 月 眠

馬 路 小 印

心 路 武 吉

梧 槽 路 水

甘 榜 格 南

我獅城，我街道

Streets and Places
of Singapore

汪來昇 主編

目錄

以文學作為另一種記錄 ——街景、記憶與人文 ｜ 汪來昇

　　提姆・克瑞斯威爾（Tim Cresswell）在《地方：記憶、想像與認同》中很清晰地梳理了許多人文地理學的專有名詞，並且認為「（地方）也是一種觀看、認識和理解世界的方式」，並且指出人在某個地方生活過，不論是正面還是負面的，或多或少，會形成一種「地方感」，而對地方有主觀和感情上的依附。[1]

　　這也暗示了地方與街道書寫，存在「過去式」的性質，只有通過曾經的記憶、情感與認知，營造恍若昨日的時空錯位美感——並以文字重新構建那些既熟悉又陌生的常街景象。在藝術或學術表現上，很多時候創作者可以選擇「借古諷今」，當然也可以穿插對於未來的想像，以及現在的感受與批判。喬治・歐威爾（George Orwell）的《一九八四》的這句名言「掌控過去的人就控制未來，掌控現在的人就掌控過去」[2]若理解為創作的「時間」，也頗有玩味的意趣。

　　書寫街道或地方，而且以「非虛構」（non-fiction）的「命題」形式，看似簡單，但其實不易。因為創作者必須對新加坡及其「街道」有一定的了解或印象，這也包括了序者與推薦人。因此，序者方面，我邀請了兩位曾擔任新加坡南洋理工大學中文系，國際駐校作家的董啟章老師（香港）和蘇偉貞老師（台灣）撰寫。他們不僅在新加坡生活了一段時間，在這裡也有親朋戚

友，因此，這種千絲萬縷的關係很奇妙地將兩位有「距離」的作家，「乎遠乎近」地帶到了新加坡的文學現場，書寫他們的「新加坡經驗」。

董老師在序中很果斷地寫道「從前的街道是生活的場所，人們在當中交往、互動，甚至衝突，現在的街道卻只剩下交通的功能」，而失去了「街道」作為直接的生活場域，這對於年輕一代人書寫「街道」是不利的——這也包括編者在內。但董老師也指出，或許在新加坡的語境裡，寫「商場」或「組屋」還是大有可為的。

七八〇年代，新加坡努力使經濟轉型，積極地「城市化」與「工業化」，大大推進新加坡的「現代化」進程；也重新規劃住宅區，推出了「組屋」，讓國人皆能「居者有其屋」。獅城這段「大遷徙」的歷史，是上一代國人的集體記憶與經驗，也在本書多篇散文中得見——鄭偉雄作為本書開篇，談及的正是小時候甘榜（鄉村）的經驗。除了甘榜，也有居住在「市區」的，例如曾國平童年時期的俊源街（Choon Guan Street），但這並不是現代意義的商業市區，而是從英殖民時期劃分出來的「華人區」，多半都是兩至三層樓的店屋（五腳基）。

英殖民政府，在新馬一代，一直都實行「以華治華」的政策，當然也體現在住宅安排上。因此，很多新加坡華人先賢與上一代人都對大坡和小坡不陌生——五四時期的老舍，便曾經寫過《小坡的生日》。而這種「地緣」的情感與認同聯繫，即便到高度城市化的今天，不僅烙印在老一代國人的記憶中，也鑲嵌到

了中生代的回憶裡——例如周維介〈橋南橋北消散的市井氣〉、吳慶康〈從二馬路到五馬路〉與吳偉才〈我寫黑街〉等。

有趣的是，編者還偶然地收到了兩篇書寫就牛車水的「死人街」（碩莪巷，Sago Lane 的俗稱）的作品，一篇以回望自己兒時場景，母親曾在紙紮鋪工作為文章主調，另一篇則以近年搬到死人街居住，以日本私小說的風格寫散文，並對「現在」的生活展開敘事。原想為了「不重複」而割愛其中一篇，但反覆思量後，覺得不應迴避，反之，應擺在一起作為參照的對比，呈現出另一種「時間錯位」的美感。

除了「典型」的甘榜到組屋、華人居住區、體現「城市化」的作品外，《我獅城，我街道》（以下簡稱《我獅城》）中也收錄了在新加坡工作的鄰國（馬來西亞）作家，以及新加坡本土英文作家的作品。馬來西亞作家包括牛油小生（陳宇昕）、歐筱佩，他們對於新加坡的認知，夾雜了「家鄉」與「在地」的經驗，所以書寫的內容與他們的心境和經常遊移兩地的心情產生了緊密聯繫，如牛油小生寫新柔長堤，即新馬的邊境，而歐筱佩則選擇寄情於住宅附近的猴子和貓咪，並在詩文中夾雜了許多馬來文。

而作為第一代移民的書寫，有蔡欣洵與周昭亮。因轉換了公民，也定居在新加坡超過十五年以上的時間，他們當年的「掙扎」平復了，目前也「安家落戶」了，這體現出來的則是另一種「新加坡經驗」。因此，對於住家、公司、孩子學校等地景的認同與接觸最深，能與自己十幾二十年前的生活做對比，但也能理

解新加坡人的現況，而且在遠近之間，寫出一種「共鳴」。

另外，《我獅城》也收錄了本地英文作家楊薇薇（Yeo Wei Wei）、譚光雪（Yvonne Tham）、馮啟明（Alvin Pang）和林偉傑（Daryl Lim），而以英文作為思考的寫作，內容必然與華文作者有所不同。雖然四篇散文無法形成一個客觀整體，但會發現他們的作品裡，除了楊對童年回憶做了一次詳細的回顧，但在語調上並不是嘆惋、緬懷的，是相對歡愉、頑皮的。在譚、馮和林的作品中，更能看出他們更關心的是「現代化」之後的發展，即便有回顧成分，也是夾帶戲謔、輕鬆與展望未來的基調的。

有鑑於此，不同的生活經驗、思考語言，乃至國籍，都會對他們的「新加坡經驗」產生不同的感知與理解，逐漸形成了個人與群體獨特的「地方感」（sense of place）與「新加坡經驗」。而新加坡作為一座國際城市、移民社會，自由經濟體，「當地」與「外來」之間不斷地碰撞、融合、碰撞又融合間，創造出一個具有深度與廣度的社會框架。

因此《我獅城》的英文書名翻譯定為「Streets and Places of Singapore」，而未直譯成「My Street，My Singapore」也有這樣深一層的考量。除了是要體現新加坡作為一個開闊的城市以外，也不難發現人們的生活，往往不完全在「街道」本身，而是在甘榜、社區，或房屋、大樓內，因此整個生活的「地方」（Place）和「地景」（Landscape）就不能忽視了。

對於「地景」著墨不少的，包括李氣虹、伍政瑋、鄭景祥、林偉傑、李集慶等，包括學校、小販中心、種植園、廟宇、遊

藝場等。這些地方上的地景，匯集了人潮，在不同的時間段裡，必然形成個人、集體記憶。而通過不同的經驗，最終形成了一種「情感上的依附」——「地景」隨已消失，但正是如此它才形成了一種「距離美」。

❀

因受到了《我香港，我街道》[3]和《我台北，我街道》[4]的啟發而降生的《我獅城》。在選擇書名時，編者立即想到的對應我國作為「城市」名稱便是「獅城」。「石叻」、「海鎮」、「星洲」等[5]舊稱，在編輯過程中，當然也曾閃現，但總給人一種過分懷舊或古遠之感——缺乏一種現代「共鳴」。雖說新加坡歷史裡是否真的曾出現過真正的「獅子」仍有學者爭論，但以新馬一帶華文表述來說，「獅城」是新加坡人熟悉的別稱，而且富有濃厚的浪漫主義色彩，承接了更早於殖民地時期來「發展」島國的歷史[6]，以及獨立建國前後渴望獨立自由的「默迪卡」（Merdeka）[7]情懷，同時，也生動有活力地表達出現代島民對於這座小島的期望——一九六〇年，國泰克里斯（Cathay Keris）製片公司的電影攝製的電影，就曾經拍過普遍認為是新加坡第一部華語電影的《獅子城》。

自新加坡建國以來，新加坡實體景觀是每隔幾年幾番新，即便獅城面積也不過七百多平方公里，但稍隔幾年沒到一個地方，下一次再回到時，或許已不免陌生了。建設應該是好的，但在拆

建的取捨間，這座務實的城市往往選擇了拆。因此，以各種方式把曾經走過的「街道」與生活過的「地方」給好好記錄下來，成為了許多新一代人，得去關心、得去實踐的重要事項了。

若以文史的角度出發，新加坡不乏前輩的耕耘，有地方志、街道名稱考證、老街故事，或比較學術的街名由來、地名探索等，而正是有那麼多代人不辭勞苦的付出，才讓許多珍貴的文史材料、少為人知的地方故事得以流傳。也讓後來的創作者、作家有更多資料能夠參考。

相較於有迫切記錄必要的「香港」，以及懷舊風吹拂的「台北」，「獅城」介於兩者之間。新加坡主要是在回顧與展望、理想與現實、茫然與堅定之間徘徊，既知道《我獅城》存在之必要與意義，但同時也可能覺得「總會有人去做的」，而擱置久久未動筆。接下這個任務時，編者的意義比較純粹，主要對這一片養我育我的土地有很深厚的感情 —— 且不論愛恨喜惡，但情感上的「依附」肯定是十足的。

編者也相信城市與城市之間，本來就有一種很奇妙的「聯繫」，更何況是在這個交通發達的全球化語境下。「城市」作為一個相對開放的「地方」，也自然不完全屬於一個人、一群人、一國人，或任何利益與權力團體 —— 這不免令我想起了朱天文在〈世紀末的華麗〉[8]中使用的一個詞彙「城市聯合邦」。朱的小說中，使用這一詞主要是為了凸顯出城市和城市之間的辨識度很低，因此對一個習慣城市生活的人來說，去到哪裡都能找到一定的熟悉度 —— 雖然，在「跨國資本」連成一氣的框架裡，

穿越不同城市的人們感受到了「相同」，但卻也明顯地感受到了「差異」。

或許，一座城市不斷地發展下去，會成為路易‧沃斯（Louis Wirth）的〈都市主義作為一種生活方式〉（Urbanism as a Way of Life）所形容的，城市人的生活特徵，會是孤立、孤獨、社會解體的，而人與人之間的關係也會是短暫的。但與此同時，「城市」也具備了「次文化」（subculture）的可能性，例如環保主義、搖滾樂、性別平權、女性主義、角色扮演（cosplay）等。[9] 新加坡作為一座開闊與高度發展的城市，人民必須善用這個優勢，打造一個關心時事，具備人文與公民意識的社會。

人們永遠不能小覷一座城市的力量與歷史，「獅城」作為一座城市，若以最新的考古學發現算起，大約有七百年歷史，[10] 若以「現代化」算起，也有開埠了大約兩百年的歷史。在這恆長的歲月裡，或許現在習以為常的，將會是未來最彌足珍貴的，而很多珍視如寶的，也可能完全失去意義。所以「有意識」的取捨、保留，乃至記錄我國我城的點點滴滴，是至關且重要的。

❀

除了為新加坡的街道歷史和文學做一次小記錄，也希望新加坡以外的讀者，能「看見」新加坡「經濟奇蹟」以外的人文和文學發展。編者也誠心希望能有機會編《我獅城》第二輯，不論是通過「世界作家寫新加坡」，還是不同「語言」或「群體」寫新

加坡都好，只要有心記錄這片土地，豐富本地與海外讀者對新加坡的想像，這個國家、城市、地方，才能產生更深刻的意義。

　　本文不做文本的深度分析或特別評價收錄的稿件，（編者有私心，認為每篇都是好作品），歡迎大家閱讀後，做出自己的詮釋，同時，可以在社交媒體上標記 #我獅城我街道 #新文潮出版社 #海風書屋 #新加坡，和編者與出版社分享您的讀書心得。

　　最後，要感謝的人實在太多，編者就不一一列舉，請容我通過這本書向各位致上最高的敬意。

▌**主編簡介：** 汪來昇，1987 生，現為新文潮出版社創社社長與總編輯。作品散見於新馬中港台報章與期刊。著有詩集《喧囂過後》、《消滅眾神》，編有文學雜誌《WhyNot 不為什麼》（共七期），詩選集《一首詩的時間》（2015 和 2016 兩輯）、《不可預期》（2018）等。

註釋

1 提姆・克瑞斯威爾《地方：記憶、想像與認同》（譯者：徐苔玲、王志宏）（台北：群學，2006），頁 15-22。

2 喬治・歐威爾《一九八四》（台北：野人，2014），頁 37。

3 參閱香港文學館主編《我香港，我街道》（台北：木馬文化，2020）；後出版了第二冊，香港文學館主編《我香港，我街道2：全球華人作家齊寫香港》（台北：木馬文化，2021）。

4 參閱胡晴舫主編《我台北，我街道》（台北：木馬文化，2021）。

5 新加坡其他舊名稱與華文稱呼，包括：爪哇語「Temasek」的音譯「淡馬錫」；中國古籍記載的「龍牙門」、「凌牙門」；來自巫語「Selat」的音譯

「石叻」、「息辣」、「息力」；「Singapore」則有「星加坡」、「星嘉坡」、「新嘉坡」；以及後來還有「星洲」（Sin Chew）、星島、叻埠、叻坡、石叻埠、石叻坡等。詳見黃友平〈緒論〉，黃友平編著《新加坡地名探索》（新加坡：八方文化創作室，2020），頁2。

6　據黃友平的碩士論文編城的《新加坡地名探索》指出，新加坡在元朝時期，被稱為「單馬錫」（Temask／Tumasik），在爪哇語（Javanese）中為「水鎮」或「海鎮」之意。後來，傳說是一名蘇門答臘王子，山尼拉·烏他瑪（Sang Nila Utama），在出海時遇到風浪，被刮到一個小島，而將其小島命名為「新加坡拉」（Singapura）——一般認為「Singa」（新加）來自梵文，意指「獅子」，而「pura」（坡拉）則是指「城」。一九七五年，由貝林（J. C. Bellin）繪製的航海地圖，將新加坡稱為「長島」（Pulau Panjang），一直到了一八一九年，英殖民政府佔領了新加坡拉後，才易名為「新加坡」（Singapore）。同上。

7　「默迪卡」（Merdeka）：音譯自馬來文，指獨立與自由。新加坡在五六〇年代，各種獨立建國（當時指馬來亞）的情緒四起，在不同的場合裡，經常使用「默迪卡」作為口號。

8　朱天文〈世紀末的華麗〉，見朱天文《世紀末的華麗》（台北：印刻，2008），頁141-158。

9　路易·沃斯〈都市主義作為一種生活方式〉，見汪安民等編《城市文化讀本》（譯者：陶家俊）（北京：北京大學，2008）。

10　Kwa Chong Guan, Derek Heng, Peter Borschberg, Tan Tai Yong. *Seven Hundred Years: A History of Singapore.* (Singapore: National Library Board, 2019), pp. 19-49.

街道與時間 ｜ 董啟章

　　我對新加坡不算陌生，但也不敢說熟識。有幾年時間，因為弟弟在新加坡工作，兒子又很喜歡新加坡，所以我頻密地來過幾次旅行。二〇一八年我在南洋理工大學當駐校作家，更在新加坡住了半年。後來寫了一本以新加坡為背景的小說，從一個旅客的角度描寫了這個城市的一些場景，在當地人看來肯定要見笑。如果當時已經有《我獅城，我街道》（以下簡稱《我獅城》）這本書，肯定大大有助於我了解新加坡的地道生活經驗。

　　集合一群作家書寫街道生活，起始於香港文學館，為時三年的「我街道，我知道，我書寫」計劃，成果於二〇二〇年結集成《我香港，我街道》[1]（以下簡稱《我香港》）。這個計劃的特別之處，在於通過街道去寫城市，從個人經驗（我）連結集體意識。好意念自然會到處開花，繁衍出新的果實。後來台灣作家按照相似的模式書寫台北，編集成《我台北，我街道》[2]。兩地書互相發明和參照，是延伸也是反饋。當我知道新加坡也即將有一本《我獅城，我街道》時，我一點也不驚訝，甚至覺得理應如此。有幸為這本書寫序言，也延續了我和新加坡的緣分。

　　街道明明是空間，但當我們寫下街道生活經驗的時候，呈現的卻往往是時間。街道是需要時間來經歷的，無論只是走一次，還是反覆地走無數次。就算住在一條街上很多年，在地理上相對

固定，在時間上依然移動不居。有移動，就有流逝和變化。個人在成長，城市也在發展。在這雙重軌跡的交錯中，難免有生命一去不返的感嘆。許多珍貴的記憶，都遺留在大小街巷的角落，等待我們回頭去撿拾。以街道為題的個人書寫，正是重新打通記憶路徑的契機。因為街本身，就是時空通道。

在一個高速發展的城市，回溯街道記憶的欲望尤其迫切。這一點新加坡和香港相似，都在二十世紀下半經歷了面目全非的改變。縱使以物質條件和便利程度而言，今天比從前有了很大的改善，但是街道的意義也完全變質了。從前的街道是生活的場所，人們在當中交往、互動，甚至衝突，現在的街道卻只剩下交通的功能。對於今天的新一代來說，如果叫他們寫一篇以「我街道」為題的文章，他們很可能抓破頭皮也寫不出一個字來。因為「街道」已經不是他們生活經驗的核心了。（如果實體空間對他們還有意義，他們可能會寫「我商場」或「我組屋」吧。）

《我獅城》裡面的文章，完全印證了何謂「街道生活」，也即是與個人經驗密不可分的場所。不少作者憶述了自己童年時生活的街區，那裡有集體的歷史經驗，有家庭和個人成長故事，也有色香味俱全的感官記憶（以地道美食為最）。對像我這樣的外人來說，讀來都質感豐富，興味盎然。再拿來和香港街道經驗作對照，會發現很多異同之處。《我香港》的年輕作者比例較高，憶舊的文章相對較少，虛構創作的成分較多。相對地《我獅城》側重舊事的記憶，記錄了城市景觀和生活方式的巨大變化。當然這也是有理由的。新加坡的市區開發和重建，比香港來得更高

效、更徹底。經驗實體的消失速度也因此更快，更無可挽回。

　　所謂的「懷舊」（nostalgia）是個很有趣的現象。在不同的文化脈絡下，懷舊會有不同的形態和意義。而懷舊是有時間限度的。我們不能懷古代的舊，只能懷在世的人所曾經歷過的舊，也即是最多三代人的五十年之內。作為一個年輕國家，新加坡的歷史剛好就落在懷舊的通常幅度裡。但是，「當代」亦逐漸跟「起點」拉開，現在所能懷的最早的舊，差不多已落入遺忘的邊緣了。再過一陣子，五○、六○，甚至七○年代，便會變成沒有人能親眼見證、親口講述和親筆書寫的時代了。而那些，正正就是「街道」這個生活場所還活活潑潑地存在的時代。可以說，到了以千禧年為懷舊的上限，就該不會再有「街道書寫」的可能了。（是否還存在任何場所書寫也成問題。）現在似乎是「街道書寫」的「最後時機」。

　　讀新加坡的街道書寫，令我聯想到卡爾維諾（Italo Calvino）的《看不見的城市》（Invisible Cities）。這部奇異的作品包羅了城市想像的眾多可能性。其中有一個叫做優薩匹亞（Eusapia）的城市，被形容為「傾向享受生命而躲避憂慮」。為了減緩從生存到死亡的跳躍，居民在城市下方造了一座完全一樣的翻版地下城。屍體經過乾燥處理後，會被運送到地下城，安排他們繼續進行生前的活動。這些活動都是死者們人生中最感愜意的時刻，例如圍坐在食物豐盛的桌前、擺成舞蹈的姿勢，或者吹奏小喇叭；也可以讓死者從事自己在生前喜歡的工作，無論是鐘錶師、理髮師、演員，或者擠牛乳的女孩。他們甚至可以選擇實現夢想，當

上獵人、次女高音、銀行家、小提琴家、公爵夫人、高級妓女、將軍等。運送死人以及布置他們扮演指定角色的工作，由戴頭巾的兄弟會成員負責。只有這個組織的人能來回於兩個城市之間，告訴上面的人下面的情形。有謠言說其中一些成員其實已經死了，但他們還是繼續上上下下。

這則故事題為〈城市與死者之三〉，但我覺得它談的不只是死亡，也同時可以是過去和記憶。擺放在地下翻版城的，是過去的記憶，而優薩匹亞人（和大多數人一樣）選擇安置當中美好的部分，甚至加以美化。而進出於地下城的兄弟會成員，角色就如同寫作者。書寫過去，就是根據現實經驗構造一個模型，把經過處理的記憶放進去保存。與此同時，書寫者也把他們所親手處理過的經驗，講述給現實中的讀者知道。（而《我獅城》中有兩篇談到「死人街」，也可以同時作字面和隱喻的閱讀——歷史上的「死人街」是碩莪巷（Sago Lane）的別稱，但從今天回顧，所有過去的街也是死人街。）

不過，事情並非這麼簡單。卡爾維諾繼續說，地下的城市慢慢發生變化，「死人在他們的城市裡有所創新」。「在一年的時間裡，死人的優薩匹亞就認不出來了。而活人為了跟上死人的腳步，也想要做戴頭巾的兄弟會員所說的死人的一切創新事物。因此，活人的優薩匹亞開始模仿它在地下的翻版。」如果延續寫作的隱喻，這裡說的是：以記憶為材料的書寫，經過時間的沉澱，開始發生微妙的變化，甚至出現了當初未曾意識到的創新。假使記憶書寫能帶來新意，便可以反過來影響現實中的後來者，令他

們向前人學習，跟隨前人的足跡，模仿前人生生不息的創造力。死與生，過去與未來，因此而倒置，並且相得益彰。

我想說的是，懷舊究竟只是依依不捨的情懷，或一廂情願的痴想，還是可以給後世帶來創新的角度、視野和感受性，有賴於書寫者對於時間的觸覺和領悟。打造一座記憶博物館或者抒情咖啡店，當然也有其價值。但如果想街道精神不至被遺忘，而能在實體消失後，通過書寫重新在新一代讀者之中保存它的象徵意義——在共同生活空間中互相連結——「街道」這一形態就能夠在人類共同體中繼續發揮作用。無論這共同體叫做香港、台北，還是獅城。

▊ **序者簡介：**董啟章，香港知名小說家，九〇年代初開始寫作，作品包括了《安卓珍尼》、《地圖集》、《夢華錄》、《體育時期》、《天工開物·栩栩如真》、《心》、《神》、《愛妻》、《命子》、《後人間喜劇》、《香港字》等。新近出版隨筆集《非常讀》、《狐狸讀書》、《刺蝟讀書》。曾獲台灣聯合文學小說新人獎、聯合報文學獎、台北國際書展大獎、紅樓夢長篇小說獎決審團獎、香港書獎、香港藝術發展獎年度藝術家等。

註釋

[1] 參閱香港文學館主編《我香港，我街道》（台北：木馬文化，2020）；後出版了第二冊，香港文學館主編《我香港，我街道2：全球華人作家齊寫香港》（台北：木馬文化，2021）。

[2] 參閱胡晴舫主編《我台北，我街道》（台北：木馬文化，2021）。

序 II

島與島：詩與雞蛋花 ｜ 蘇偉貞

多年前，歲末時我會收到一封寄自日本的賀卡，皆取材畫作，淡雅樸素，那是一九九三年參加新加坡國際作家週的同業所寄，初見，她卻認識我似穿過人群來溫婉交談，一直到作家週活動結束，不時感覺她投注的善意眼光追尋我。在持續的卡片與卡片間，我慢慢解開了謎底，一切緣由我們有個共同的朋友，以及他們複雜的故事，如此，年年依時抵達的賀卡，如詩，超現實。更超現實的是如果哪天賀卡不再寄到？

星洲[1]初旅，竟召喚一個文學現場與懸念。

很快的來到一九九六年五月第二次新加坡行，高中語文特選課程寫作營講座，那次丈夫德模同行。德模成長於屏東大鵬灣，嚮往自然，而新加坡一國一城，無原生態可言，最接近文學原生態的是辦在南洋理工大學華裔館的寫作營基地前身是南洋大學中文系，林語堂、蘇雪林、凌叔華等的前成史，這才安定了我們。

不爭的是，千里而來，五小時航程，時間地理跨度大，也就像早期攝影術，沒有足夠的內容在感光版上留下影像，唯記得潏漫綠蔭間穿梭，不免視覺疲勞。你可以說我是個挑剔的旅人。總之，課程結束，我和德模搭機先去了刁曼島（Pulau Tioman），再轉峇淡島（Pulau Batam），生活在他方；而我們，島到島，台灣、新加坡、刁曼、峇淡，怎麼想的？不重要。在島上，散

步、野放、happy hour、遠眺海平面、泡游泳池……拉開了人生暫停時間與空間。離開他方島，我學會了吹口哨。

　　一個長鏡頭，二○一三年夏，十七年後，我以外籍作家身份重返南洋理工大學駐校半年，淡出的望遠大海鏡頭跟著重返。一天和老友張曦娜、孫愛玲到史丹福瑞士酒店（Swissotel The Stamford）頂樓喝下午茶，長眺海峽遠處小島，是峇淡嗎？感覺看久了，有條隱形赤道地理線就會浮現，是丹麥女作家伊薩克·迪內森（Isak Dinesen）的《遠離非洲》（Out of Africa）對鄰近赤道地理天象敘事：天空不是淺藍便是紫羅蘭色。重雲千疊百層，……放大了一切景物，幻化之間如海市蜃樓……啊，多麼慶幸我在這裡。

　　注入生活感，獅城對我有了不同的感受。當然，我仍念念於日本賀卡如何收場，巧的是，這次駐校兼得參加新加坡作家節（Singapore Writers Festival）活動，我不免興生幻覺，我們會在議場重逢，我可以當面求證一些傳說。

　　而唯一確定的重逢，是萊佛士酒店（Raffles Singapore），到此一遊，開始肯定因為觀光客視角啦，追隨康拉德（Joseph Conrad）、吉卜林（Rudyard Kipling）、毛姆（William Somerset Maugham）……足跡朝聖，始終繞不出的庭園迷宮一抹清香把我帶到巨蓬雞蛋花樹下，彷彿有花開的聲音。吉卜林如是說：氣味比聲光更震撼人心。更奇特的是我的前成史感官記憶撲面襲來，那是我出生產房長廊邊的雞蛋花氣味。獅城於我難道是一場前世今生之旅？你可以說太巧，雞蛋花又名島嶼花。

正是發生在新加坡此城，再讓我逐漸喜歡這片土地。

二〇一三年八月駐校開跑，我先住進南洋行政中心（Nanyang Executive Centre）等待中轉宿舍，南大學生汪來昇帶我熟悉校園。他遲到了。我等來了有點嬰兒肥長手長腳五分褲文青，「誰大人還穿五分褲」、「可惜了你沒修我的課」，我心想。我們隨意在學院大樓轉悠，這校園比十七年前更新太多，經過華裔館，意識到我不太記得這建築，十七年太遙遠，我放棄重尋舊地，是創造新的記憶時候了。

幾天後，我順利遷入宿舍，開始學著搭公車上下課、四處晃蕩，也隨來昇認識了其他同學，文慧、振坤、伊婷、怡靖、征達等。

駐校作家得授課，我的現代文學排在周二上午，那幾個月，下了課，來昇和文慧偶爾振坤會陪我走到南洋行政中心對面義大利餐廳，我們總坐廊外，一切靜好，從來不覺得新加坡炎熱，從來不覺得新加坡學生現實。我決定把在台南府城過小日子的節奏帶到星洲，那意味我們常餐飲，有次週末請來昇、文慧、振坤、伊婷一眾哈芝巷（Haji Lane）Pub 喝酒，來昇搖頭，意思是，外行。我懶得理他，開了瓶單一麥牙威士忌，來昇酒事說的比飲的多，我煩了，讓他喝了再講話，他們叫來傳說中好酒量上海陸生沙怡靖陪我，怡靖笑瞇瞇來者不拒，可沒兩杯，便不支醉倒，深夜，怡靖酒稍醒我們才散夥，行經夜黯的街道，我開始想，舊台南市一百七十五平方公里，新加坡七百二十八平方公里，我用一輩子時間在府城，獅城得多少時間？

終於，二○一三年底最後一天駐校結束，小朋友們送行，我例行埋單，他們說集體請我，也就從那天，再到獅城，我付不了賬了。印象最深是二○一八年六月新加坡書展聚，我住萊佛士城購物中心（Raffles City Shopping Centre）附近，你猜對了，該行的「萊佛士儀式」第二天，選在商城酒館，原班人馬，沒停的添酒上菜，大手筆引來年青行政主廚致意，新加坡物價大家都知道的，沒料到的是文青們堅持埋單：「老師，我們長大了有工作了賺錢了。」不甘地回請他們宵夜，這次，再不必傷神「去哪裡」這道喝酒政治學。近午夜，資本主義的幽靈，走進一間奇吵無比顏色繽紛色盲才待得住的酒館，離開時又半夜，唉！依然沒搶過文青，不記得有誰說過新加坡有如此漫長的夜生活，在路上，他們送我回旅店。啥老師？啥行為？管他咧！這是新加坡，要學壞很難。

　　再來就是二○一九年十二月，彼時全球新冠疫情風暴未形成，帶著成大博士生資婷、明發飛樟宜機場，成大碩士後進了南洋理工博班的老學生云飛和來昇們接機，此行各有盤算，明發博論研究馬來亞華僑作家王嘯平，奔圖書館鉤沉史料；資婷、云飛久別重逢到處吃喝，而我，唯一來看看，來昇、文慧共創新文潮出版社前置作業中。老實說，初識來昇聽聞他創同仁雜誌《WhyNot 不為什麼》，當下就有，這真是「別人家的孩子」啊！那感覺是複雜的，矛盾、不安、感動……的潛台詞：「不能安份工作就算了嗎？」、「哇！文學雜誌呢！在新加坡！算你小子有種！」

新文潮基地備了酒菜，我們走進工業區辦公室，背離了現代主義風格的簡潔溫馨，來昇又是說了一口好酒，換酒還要換杯子，我握緊杯子，看誰敢動。酒起酒落，流年之間，我們偷偷將Pub置換為出版社。這樣的事，人生只發生一次。

然後，來到二〇二二年，認識來昇、文慧近十年，兩人辭了工作全職出版社！這別人家的孩子主編《我獅城，我街道》（以下簡稱《我獅城》），結集不同時期獅城生活，以文字顯影，為島嶼城邦留下生民史。前面說了，這是新加坡，其實要學好也很難。而最昂貴的東西是記憶。

《我獅城》對應畫面是二〇一九年底旅店放妥行李，一行人浩浩蕩蕩芽籠大排檔晚餐，暴雨傾盆，哪兒都去不了的各色食物吃了個遍，終於雨勢停，我們沿芽籠路漫步，這才看出點眉目，正是《我獅城》鍾秀玲〈我家在芽籠〉現場：「芽籠路兩側，連接著許多單號和雙號的羅弄（巷子），像是魚骨一樣，所謂的紅燈區。」若早些讀過，羅弄九巷田雞粥乾炒牛河，三十三巷沙煲飯，老字號香港點心「搵到食」，二十九巷的福建炒蝦麵一路吃去，豈不痛快。同樣食物記憶，還有楊薇薇〈登百靈坊〉，情有獨鍾雲吞麵第一街——登百靈坊（Tembeling Place），說是登百靈路，正確地址在「如切台」（Joo Chiat Terrace），就因為雲吞麵入喉那種「Tembeling」形聲字誤植認知數十年，美麗的錯誤。

曾國平〈兒時記憶〉，地理調度到城中俊源街（Choon Guan Street），生於斯長於斯，他親眼目睹住家對街老屋被拆，

一九七六年現代主義建築風格，五十層樓凱聯大廈（International Plaza）原址拔起，但即使現代化腳程節節逼進，俊源街於他，仍活在中元節街戲、中秋節提燈籠、後巷三毛錢魚丸麵、傳說中鬧鬼的金華戲院看《獨臂刀王》、暗巷偷窺流氓幫派群架……時光機，即使，鑼鼓聲遠了夜深了，少為人知的俊源街牌現在仍「靜俏俏站在街角」。

事實上，關注不同，旅者往往有極為個人的眼光，於我，是新加坡作為「文學現場」那部分。如郁達夫一九三八年十二月底抵新加坡，下榻牛車水南天旅店，緊鄰珍珠巴剎，過街就可與友朋聚飲。然後二〇一三年七月十六日和人也在星洲的馬華學界老友張錦忠約在牛車水珍珠巴剎道記燒臘小聚，錦忠提示這店郁達夫幾乎每天必來。來去星洲，郁達夫初登新加坡紅燈碼頭賦詩：「為誰憔悴客天涯」；兩年後妻子王映霞離婚走人，又以詩句抒情：「厚地高天酒一杯」。有所不知的那天我生日，人生動如參商，談不上客天涯，倒也和自己乾了一杯。

相對周昭亮〈欖核中的黃埔〉的牛車水接近庶民味，文章記錄早年牛車水的廣東僑民集散地生活史，黃埔、欖核是新加坡僑民人文地理形象寫實，文章述說主人公初臨獅城廿五歲，新加坡還未獨立，如今失智老化，〈欖核中的黃埔〉看似兒輩希望重建老父牛車水記憶，實是一點一滴失去。

獅城文學現場，還有成大誼屬同業的前輩作家蘇雪林先生，一九六四年九月蘇雪林南洋大學履新，蘇雪林的南大生活節奏如日記：

下午睡起已二時，出門則三時。到小坡看縫衣機器……。（一九六五年二月十三日）

上午看報畢，換衣下坡[2]，在八條望彌撒一台，……轉到小坡，幸時間尚不晚，看了一場《無影凶手》。（一九六五年六月十三日）

以往看《蘇雪林日記卷》，不時陷在地理迷宮裡，八條、小坡何處？有心搭建一條生活線不可得。不意鄺偉雄〈上山下山的童年〉、李集慶〈那一路的事後幸福與遺憾〉找到了答案。原來「條」是獅城早期路程算法，正確稱「條石」，一條石為一英里，各區豎有洋灰砂石「里程碑」，南洋大學舊址裕廊十四條半石地區，裕廊八條望彌撒，小坡觀影買縫衣機，何以是小坡？吳偉才〈我寫黑街〉，周維介〈橋南橋北消散的市井氣〉都提到，原來書店、電影院林立的橋北路（North Bridge Road）慣稱「小坡大馬路」。在小坡橋北路的，還有英培安草根書室[3]，來昇帶我去，安靜純樸書香，一如書室主人。在那裡我望見久找不到的香港作家崑南《地的門》，「原來你在這裡」。星洲一別，二〇二一年培安老師辭世，曾和我同遊獅城的德模早在二〇〇四年病逝。

其實二〇一三年星洲行多記憶線索，譬如我七月前腳到，八月成大八位研究生決定來奔，碰到國慶，旅店一房難求，幸好在小印度訂到膠囊旅店床位，難得的我們師徒各安其床位，我上鋪兩名男生，學子們急切的在異國獅城穿梭，聖淘沙、摩天輪、海南雞飯、肉骨茶、辣椒螃蟹、叻沙、沙嗲……走遍吃遍，我如如不動地留守膠囊時空。他們回防旅店，我們便圖個方常光臨對

面專賣薄餅[4]的印度餐館，不通英語，沒問題，比手劃腳，這店的薄餅是個謎，每吃大小厚度不一樣，充滿自由心證樂趣，因為語言不通，從來沒問明白。也愈發懂得黃子明〈小印度的一份情緣〉的無規律節奏，文章寫勸闖紅綠燈行人，回以：「這裡是小印度。」多元文化多種族國度，小印度確有其「不可逾越」難以歸類的魅力。我就有兩次短暫往返新加坡，很自然地回頭住膠囊旅店，在飄來的印度風音樂聲中隻身行走小印度街區，總有穿越多次元國中之國錯覺。是的，這裡是小印度。

那回還幫學生訂了馬六甲行，巴士跨越（新馬）邊境，小朋友很興奮，客運總站在黃金大廈（Golden Mile Tower），我送他們上車，叮囑他們過境時跟緊別散了，可不是，牛油小生〈邊境〉寫新馬跨境在兀蘭中心路跟丟了返馬女孩，萍水相逢，女孩一路講手機，聽在耳裡，you are what you read[5]。這真是一條奇異的通道，新馬歷史糾結，邊境來回，會不會真有一天，跟丟了自己的故事。

新加坡作為集體記憶之城，政治是很重要的拼圖，正是「他者」我們很難企及的一塊。譚光雪〈大巴窯八巷〉講了一個大巴窯八巷作為碧山大巴窯、波東巴西倆選區分界線的政治效應。波東巴西在反對黨詹時中任議員期間公共設施不如碧山大巴窯區，居民在大巴窯兩邊穿街走巷，完全不會動搖選票抉擇。大巴窯八巷巨人般雨樹見證了這一切記憶，直到二〇一一年翻新工程砍掉了雨樹。

同樣寫波東巴西的是林偉傑〈波東巴西，我這般中意的小

鎮〉透過十七小節拼圖食物、政黨、地理考據、選舉操作、印度廟地標、居民臉書群組互助會、婚姻、同志……全方位索隱波東巴西,身為同志,敘事者選擇落腳住民開放善意的波東巴西,這真是一個好態度,是波東巴西的政治前行者詹時中的社區定位:我這般中意的小鎮。

兩篇文章,我知道了詹時中,此人為什麼那麼重要?「反對黨」、「同志」是關鍵詞,在讀文章前,我對波東巴西或者星式選舉毫無概念,現在我知道了,它在獅城是現在進行式。

所以,不僅一城一國,還可以是一人一國。遍及全境的街道滄桑記憶,黃頂黑德士、書店、甘榜、寫信佬、紅頭巾、殯葬、教育、種族、食物……組成一幅新加坡全景記憶圖示。每篇文章,編者用心加註,甚至「食不厭精」的下海中譯,如馮啟明〈加東〉散文詩,不但記錄了加東「曾經是新加坡的天然東南部的海岸」,也印證了一九六五年才建國的新加坡,已經加入歷史的「曾經是」隊伍。

最後,讓我們回到年年依時抵達的賀卡以及萊佛士,二〇一三年南洋理工大學駐校結束,返家後,在一堆未拆信件中,好高興地挑出日本賀卡,仍然沒有季節祝福之外的文字,緊接著二〇一四年及之後,再沒卡片。我上網查,作家好好活著。這意味,在兩次作家週與作家節之間,我的文學迴圈結束了。至於萊佛士,一九九三、一九九六年,我分別在旅館商店街買了骨董[6]雕工楠木掛架,之後再找去,店收了,兩支掛架到現在我都不知道該掛什麼,偶爾取出欣賞,飄來陣陣楠木獨有的淡香,那是花開

的聲音嗎？雞蛋花帶不回家，但氣味自己找來了。

有些東西，無用之用，卻具象化一整個島的記憶。我獅城，我街道。

▌**序者簡介**：蘇偉貞，祖籍廣東，降生台南。黃埔出身前砲校中校、日日新租書店老闆之女。台灣知名小說家、學者。現任教於國立成功大學中文系，曾任《聯合報》讀書人版主編。以《紅顏已老》、《陪他一段》飲譽文壇，曾獲《聯合報》小說獎、《中華日報》小說獎、《中國時報》百萬小說評審推薦獎等。著有各類作品十餘種，包括：《旋轉門》、《租書店的女兒》、《時光隊伍》、《魔術時刻》、《沉默之島》、《離開同方》、《過站不停》、《單人旅行》、《夢書》等。

註釋

1 星洲：新加坡舊別稱。（編者註：序者在文中按行文所需交替使用「新加坡」、「獅城」、「星國」、「星洲」等名稱，但一律指稱新加坡，並非特定歷史時段對於新加坡的指稱。）

2 下坡：「坡」指大坡（橋南路一帶）和小坡（橋北路一帶），「下坡」指到市區之意。

3 此「草根書室」指舊草根書室，為新加坡著名作家，英培安先生創辦的書店，位於橋北路，橋北中心三樓。

4 薄餅：此指「印度煎餅」（Roti Prata）。

5 按編者譯：你閱讀什麼，你終將成為什麼。

6 同「古董」。

攝影手札

攝影者說 ｜ 符志修

　　想要在不停拆建的「獅城」用照片來留住街道的身影，毫無疑問是一場「輸定了」的賽跑。回憶還能用文字來表現，能夠描繪多少，取決於回憶者的文字功力，以及閱讀者重新從文字中構建畫面的想像力。

　　但記憶中的人事物一旦湮沒在歷史的洪流當中，被時光腐蝕得一乾二淨，或是被打著「向前發展」旗號的巨輪碾碎，再高明的攝影師也會束手無策。

　　白沙浮有條「黑街」，回憶者「俯瞰黑街」的意象雖好，但爬到商場二樓，現在的鏡頭裡卻看不到當年的「妖影」。這時只能慶幸，梧槽坊拆除之前，我就已經為它定格，只不過當年那群鴿子，又要到哪裡造窩？王謝堂前的燕子，恐怕連尋常百姓家都沒有得待了。

　　也只有如切（Joo Chiat）「坤成」（Koon Seng）兩旁粉色的民宅，以吸引遊客作為代價，還能固執地堅守昔日的光景與「古色古香」。我隔著籬笆向出來澆花的居民請示，想得到他們的允許，將門牌收納到我的相機裡面。她一臉茫然地看著我：「這有什麼好拍的？」在那裡生活的人或許身處桃花源，我卻成了武陵來的閒人了。

　　也有些人和事，凝固在我的記憶裡；捧起相機為這些街道留

影，也算是為我自己做個註腳。

　　距離新文潮出版社社址不遠的中正中學（總校）雖然不是我的母校，但上中學的時候，曾經到過竹林樓大禮堂，為參加球賽的同學加油打氣。日前沿著低調奢華的月眠路前行，仿佛走進時光隧道回到數十年前。

　　冠病疫情爆發前，大寶森節年年都舉行，從實龍崗路（Serangoon Road）到登路（Tank Road）兩座印度廟之間四公里長的路程，我為了拍攝遊行過程也走了好幾遍。

　　中斷了兩年之後，今年遊行恢復，但我已經沒有信心和體力跟著走了。人到中年，不只是心態，也是身體。這個不得不認了。

▌**攝影師簡介：**中年新加坡男子，爬格子為生但現在已經沒有格子可以爬，只能在鍵盤上敲敲打打；喜歡謀殺菲林，但現在也沒有菲林可以謀殺，只能謀害自己。

我獅城
我街道

上山下山的童年　|　鄺偉雄

　　世界與島國正逢大疫籠罩，中年人避無可避的生活瑣事倍增，加上日常起居被迫長時間悶憋在口罩裡，日復一日，總感覺不時有股強烈的窘迫和焦躁感。當壓抑和起伏的情緒無處安放時，我會借助我的童年「桃花源」作為精神浮木。待心情緩衝恢復後，總能慰藉一下自己說：儘管生活不易，但我是幸運的，因為童年承載了我太多的美好回憶！

　　「所謂『無憂無慮的童年時光』，不過是一種自欺欺人的迷思。童年時也同樣得面對很多屬於那個時候的煩惱。」這個說法我不否定，但也無法完全贊同。反正，在我任性的回憶裡，那就得是一段快樂且無憂無慮的彩色童年。就如張藝謀《我的父親母親》的電影裡，對詮釋往事時所賦予的鮮活用色——我回憶中的童年宇宙裡，浮現出的每一幀畫面也是藍天白雲，色彩斑斕，歲月靜好的。

　　每每緬懷，思緒就像被一陣和煦溫柔的清風給輕輕托起，而回憶瞬間升化成一雙隱形的手，翻閱著一頁頁如今或許只有在兒童繪本裡才會出現的那些山野爛漫和青澀無艾。

　　兒時，我住武吉班讓（Bukit Panjang）十條石的山崗上[1]，一個叫羅弄阿程（Lorong Ah Thia）的甘榜裡。[2] 放眼望去，環繞四野皆是樹木蔥蘢的鄉間小路和質樸簡陋的沙厘（鋅板）木屋。我

媽告訴我，外婆年輕時是一名在建築工地工作的「紅頭巾」[3]，老家的屋子是她花了大約一千多元買材料，找了幾個建築工朋友一起合力搭建的。印象中的這間沙厘木屋雖僅有兩室一廳，但每個房間的面積都相當大，其中一間睡房甚至比客廳都還要寬大許多。

在我家屋外的空地上，可以看見有兩棵大樹，一棵是紅毛丹樹，還有一棵也是紅毛丹樹。開玩笑的！還有一棵其實是菠蘿蜜樹。

不是太想提菠蘿蜜樹，主要是在印像中，我們家三兄弟對菠蘿蜜的顏值似乎都很感冒，其渾身瘤狀的外皮著實不太討喜，反之我們對香甜俏麗的紅毛丹則是一致的情有獨鍾。每當遇上紅毛丹成熟的季節，那懸掛在枝頭，鮮豔欲滴的飽滿果實，除了引來我們三隻饞貓的引頸垂涎外，也總能招惹來一大群嗜甜如命的紅螞蟻們傾巢出動，佔滿樹身。

外婆在屋前不遠處還蓋了個小花園，園圍雖小卻內藏乾坤，許多瓜果蔬菜如：茄子、辣椒、甚至酸柑都一應俱全。園中央還種植了一株枝葉茂盛的大紅花樹，我們和鄰家的小玩伴都喜歡到這裡溜達，圍在這株大紅花樹下一起烤木薯、打彈珠、玩遊戲，當然更多時候是一起天南地北的聊天說地。當年沒有拉幫結黨一起八卦的WhatsApp軟體，這裡就成了我們這群孩子經常聚會議事和八卦的秘密花園。

八〇年代初，鄰里間的交往遠比現在頻密，亦更有人情味，甘榜裡的左鄰右舍基本上都頗為熟絡，彼此間必要時也會自發地

相互關照。老家大門在熄燈上床前都一直是敞開著的，鄰家的孩子也可以隨時「毫無預警」地過來串門——記得有幾回我剛起床，正揉著惺忪的睡眼，就發現鄰家的幾個好友出現在我的睡房內，正等著我睡醒後和他們一道出去玩。這相較於後來搬遷到組屋[4]時，街坊似乎都「很默契和客氣地」大門緊閉，這種互不打擾的相處模式，與之前的生活可謂大相徑庭。這也難怪現在我們和左鄰右舍們的交情指數也僅能止步於初見時的點頭微笑。

　　老家山崗下有一家新華戲院，由於戲院裡常年放映的都是二輪片，即便當時戲院已有冷氣設備，但票價還是相對低廉，每人

只需五毛錢，兒童更是只需買一張票就允許兩位入場。那個年頭的電視節目非常貧乏，這家戲院就成了孩子們最痴迷的娛樂場所，我爸也三不五時地帶我們三兄弟來看電影。

當時我看電影一貫都是來者不拒的，很多時候甚至是連片名都沒弄清楚下就興致勃勃地入場。由於當時的電影還沒實施分級制度，所以偶爾也會不小心看到一些讓自己臉紅心跳，「提前啟蒙」年幼心智的成人畫面。

在新華戲院前面是個小廣場，那裡有個賣鮮蚶炒粿條的小攤位，攤主大叔採用古早的炭火烹炒方式，所以「鍋氣」十足，保留著濃郁美味的煙熏口感。看電影散場後的觀眾，都會被這香氣撲鼻的炒粿條召喚，大都也都忍不住會去排隊買一盤熱騰騰的炒粿條祭五臟廟。我們三兄弟當然也不例外，非得嚷爸去排隊打包，才會覺得過寶山沒有空手而歸。若沒有記錯，這攤的炒粿條應該就是我人生中最初開始吃的宵夜。

從戲院往前不遠的馬路，對面就是「椰山尾村」，一個滿山崗椰樹林立的地方。椰山尾山腳下有一座相當大型的濕巴剎[5]，各類食材和貨品在此都一應俱全。這裡也是「十條石」居民們最常聚集，最多人際情感交流的小區。

記憶中，沿著山路兩側有不少攤販和商店，包括售賣各類早點的嗎吚店[6]、華人傳統香紙店、雜貨舖、裁縫店、零食香煙舖、連環圖書報攤和傳統理髮店等。平日人潮熱鬧熙攘，市井之聲親切地充實著耳際，滿滿的生活的氣息映入眼簾。

放學後，我們這群孩子都會不約而同地湧到校外不遠的一間

零食香煙鋪，購買一些飲料零嘴來解解饞。但零食舖裡最吸引我們的，可能是在那兒售賣的各種「地甘」遊戲。「地甘」源於馬來語的「Tikam-Tikam」，意為「任意選擇」。只須五分一毛就可以買張「地甘紙」來試試手氣。若印在「地甘紙」上面的號碼與掛在「地甘」遊戲硬板上的獎品編號相符，就可以贏取上面的玩具或糖果等獎品。我們都特別享受遊戲過程中，因為生活就是需要小小的驚喜和樂趣。

我的母校正華小學就坐落在椰山尾的山崗上，這是間可容納過千名學生的學校，在當時是一間規模設施屬於相較完善的華文學校（簡稱「華校」），除了有相當大數量的課室，校園內還設有觀鳥籠、賞魚池、音樂室、籃球場，和一片偌大的操場。這片操場處於在校園裡「崗上崗」的絕佳高地位置，不僅環境空氣清新涼爽，從那兒的往下望去，還可以俯瞰一整個武吉班讓村的宜人景色。操場旁綠意盎然，花草豐茂，周邊還種了一排排木麻黃，群樹巍巍昂首挺拔，在山風吹拂下場面相當壯觀——當年，我還一廂情願地認定這些木麻黃，就是我在西洋片裡看到的聖誕樹，所以總感覺這操場長得特別彰顯洋氣。

由於我家和學校的位置剛好地處在兩個不同的山崗上，所以小學時代的自己，老愛幻想自己是功夫片裡渴望報仇雪恥或出人頭地的黃毛小子，每天都得起早摸黑地上山修行，向老師們學藝求道，上山下山，成了我每天上下學修行的必經之路。

當年每日天還未亮，我和哥哥就一起結伴步行上學，當時的路燈陰暗昏黃，沿途要走一大段的黃泥沙路，路的兩旁是鬱鬱蔥

蔥的花草和樹叢，到校前還必須先經過一條火車軌道和一座行人天橋。

當時我們家養的小狗「小平安」喜歡粘著我們，經常會一路「護送」著我們上學，若不是牠爬不上那座行人天橋，恐怕牠或許會一路跟隨我們到學校裡去。小平安對我們放學回家的時段與行程也神奇地瞭若指掌，每每我們放學後，剛走下行人天橋，在不遠處就會看到牠伸舌擺尾地迎面而來，然後一路伴隨我們回家。但遺憾的是，牠習慣性的緊密相隨卻也在日後埋下危機。

八歲那年的年中學校假期，我和幾個鄰家的小夥伴到火車路一帶的草叢處捉迷蝴蝶，不料小平安也偷偷尾隨，結果很不幸地被一輛倏然而過的火車給碾死了。這場意外讓我們幾兄弟傷心難過了好一陣子，雖然在搬到組屋後，新家就再也沒有養狗，但這麼多年來，我依然時不時會想起牠。

後來，順應政府建設發展的步伐，十條石這一帶面臨了被拆遷的命運，居民們陸陸續續搬走，村子裡樹木和房屋也在遷移施工過程中紛紛倒下，一切再美好的事物，也終將在歲月洪流中戛然而逝。

雖然我從出生到搬遷，在這個甘榜已經居住了大約有十一個年頭，但或許是因為當時少不更事，也或許是當時未曾嚐過離別之苦，所以離開的那天，我們三兄弟都好興奮憧憬，心心念念地跟隨父母搬遷到那個建有電梯和兒童遊樂場的組屋新家。面對就要被拆掉的老家木屋和母校校舍，即將各奔東西的鄰家小伙伴和不復存在的童年路徑，大家似乎都並沒有太多的依戀和不捨。

直到多年以後，上了中學的某年某日，突然被電視廣告中一首由本地著名歌手李迪文（Dick Lee）創作的背景歌曲《人生故事》（Life Story）所戳中，廣告中出現的童年往事畫面，配合旋律感人和歌詞走心的背景歌曲，瞬間勾起了我在十條石甘榜時的那段童年回憶。一想到這個地方在居民搬遷後早被夷為平地，而這些難忘的童年足跡從此以後我也再遍尋不著，內心的柔軟處霎時土崩瓦解，不由自主地潸然淚下。

　　原來，有些失去之所以在當下無感，皆因這些感受，都早已潛伏在多年以後。

註釋

1 「一條石」等於「一英里」。比如裕廊路（Jurong Road）有十八條石、新加坡南洋理工大學是在十四條半石、林厝港有十九條石等。「條石」是方言詞，當年各主要道路上都豎著計算路程的「里程碑」（以洋灰砂石製成）。條石的計算一般以市區為起點。另，若以「四條石」為例，確實地點在哪裡得看指的是哪個地區，若是武吉知馬（Bukit Timah）四條石，大約是在以前的新加坡大學（今天的植物園延伸部分）；若是後港（Hougang）四條石，大約是目前的實龍崗路上段（Upper Serangoon Road）和布拉德路（Braddell Road）交界處。

2 羅弄（Lorong）：馬來文音譯，指小巷弄。

3 紅頭巾：俗稱「三水婆」，指上世紀二〇年代初期，主要來自廣東省三水縣（現佛山市三水區）的年輕婦女迫於生計，背井離鄉南下新加坡工作。她們在各大小建築工地扛磚頭水泥，以吃苦耐勞著稱。新加坡早期重要地標，例如高等法院、亞歷山大醫院、南洋大學、新加坡大會堂，還有五〇年代屬全東南亞最高的亞洲保險大廈，以至七〇年代的文華大酒店，皆有過紅頭巾的汗水。

4 組屋：泛指新加坡建屋發展局所建造的公共房屋。

---

5 巴剎（Pasar）：馬來文音譯，指菜市場。超市裡的小市場是「乾巴剎」，而一般沒有冷氣的社區／鄰里巴剎為「濕巴剎」。

6 嗎呸店：新加坡福建話／閩南語，嗎呸，指新加坡的傳統烘烤咖啡；而嗎呸店則指提供傳統烘烤咖啡的舊式／鄰里咖啡店。

我寫黑街　｜　吳偉才

　　黑街，街口永福安藥材店外面牆上有個牌子：Bugis Street，武疑士街。[1] 但我們那年代沒人會這樣叫它，就是「黑街」。

　　古早路邊社：就因為私會黨不少，而且喜歡在此開片，故稱黑街。

　　黑街是我第一條認識的街道。五六歲時，我們金店上鋪了，學徒鴻哥就會讓我騎著膊馬，帶我到黑街水果攤買水果吃。黑街也是我第一次直面生死而無比震撼的街道，私會黨夜裡開片，隨手拿起龍奕記酒家外用來串乳豬的鐵叉就往對方肚子插進去，肚破腸流，躺在黑街溝渠旁，還微微呼吸。

　　黑街更是我人際情感的啟蒙之地。從出世到廿二歲，我都熟悉它的氣味，更熟悉這裡幾乎每一張人臉；豬腸粉三姐說話慈祥關切，新國民理髮店的店員，最愛捉弄我剛剛剪好的光頭，真真涼茶門口外面的阿果哥雜誌書攤，有三角錢一本的超薄型環球小說、西西的《瑪莉亞》、亦舒的《蘋果或茶》，原來她們早期都跟環球寫過。書攤上還有些不能擺出來的書，是我對性的啟蒙，能認識那麼多口字邊的字，還得謝它。多多魚生粥的老闆，雖然老，但很帥，最疼我了。

　　黑街的入口，是小坡大馬路。我們家就在這黑街口上。大馬路車水馬龍，大多數都是做洋貨批發的潮州人，但黑街口我們大

華金鋪跟對面的大新酒樓，也算得上兩處熱點，加上永福安，再加上酒樓附近整排廣東人雜貨店，總算「潮幫」與「廣幫」平分了秋色。[2] 但大馬路無論再如何車水馬龍，那都是流過的市囂，而黑街，卻是個人間。

小時候還不會察覺這種在社區裡自然形成的機動性，說白一點，黑街就像常年注滿滑潤油，每一個單位，不管是店鋪，還是個人，都像在互相配合操作；愛飲愛食的，就有龍奕記酒家、榕園、永安，但最出名還是這裡小販攤，它們都紅火到需要分批分時段出現的。早上，沿街兩旁是屬於早餐的一批，豬腸粉、水粿、炒米粉、印度黑糖米粉、麵包腳車，各式粥品等。白天裡，就輪到一些各類麵食及糖水攤子。到了夜裡，嗯，那可壯觀了，黑街與馬拉峇街交界處，鋪天蓋地全是露天飲食，牛肉麵、羊肉湯、廣式煮炒、人妖，沒錯，人妖也就是這時段，只是稍微晚一點，他們跟飲食是在一起的，只不過碗碗盤盤瓶瓶罐罐擺在桌子上，他們坐在水兵大腿上。

在黑街生活的人，都會善用這街上像注滿滑潤油的操作。腎虛羸弱，那就快去永福安抓點補藥，但虛火上升那就得找陳家濟或真真涼茶了。胭脂水粉有三昌洋貨，老闆女兒嘴甜舌滑，大概連每天傍晚穿過黑街的燕子都能哄下來，理髮取耳可到新國民，或橫街那半間異國情調的印度難兄難弟店。水管壞了就去找容合銅鐵舖的師傅上門幫忙，阿德師傅只要一聽到「師傅，我漏水了」就會很緊張。要木匠造櫃子，找森哥，他從沒招牌，但一天到晚都會在店裡刨木，他「幾乎數不盡」的孩子就在店鋪門口

玩耍。而柴鋪、炭鋪也就在隔壁了。甚至發水貨的車衣廠，紙盒店，全都有。假如想燒點什麼給很遠很遠去不到那地方的故人，還真有一家藝如紙紮鋪。古早年代，誰上百貨公司啊？黑街活脫脫就是「一整條的百貨公司」。

黑街每天都熱鬧，但鬧到接近不可收拾，每年有兩次。一是中元的盂蘭盆會，一是大年除夕的人潮狂流。

這裡有間大伯公廟，每年盂蘭盆會都有酬神街戲。黑街的中元會多數都由潮州人標得爐主，因此做的都是潮州大戲。我不介意，夠熱鬧就可以。潮州原鄉富裕，潮州戲唱的都是高音階而且服裝美嗒嗒亮閃閃，我也喜歡看。難得有兩三次，竟然是廣東爐主，請來了粵劇團，而且還是天鷹，哇，那我可樂壞了，每晚放下碗筷就跑去看街戲，邵震寰、李婉霜、蔡艷香、李奇峰，《豔女情癲假玉郎》還有雙反串，那時看電視還得跑去聯絡所等人拿鑰匙打開箱子才有得看，哪有中元街戲這般豪邁坦蕩，耳根塞得滿滿，戲棚下還能一兩角錢啜一小碟囉囉海貝。深夜裡散場時，台上的古裝粉墨似乎還有印象，而台下不遠，那些水兵懷裡的人妖一下子將時光倒流錯亂了，「come on baby, I love you」，就是這樣，原來人世就是這樣，別說什麼突兀，別來大條道理，人世混濁所以才是人世，沉澱不沉澱，那就見仁見智，純屬自己修行。

除了街戲，還有唱戲班。唱戲班規模小一點，屬於幾間店自己組合的中元活動；就在小爐主店外搭個長帳篷，一頭是大老爺神位，中間長桌是供品，另頭就是唱戲班。唱戲班十餘人眾，男

→ 左側可清楚見到「新國民理髮」與「真真涼茶」。

（照片：Chew Boon Chin / Night bazaar in Bugis Street on 19 August 1976. / Singapore Press Holdings Media Limited）

的是音樂師父，女的就生旦全包。唱戲班我就興趣缺缺，不過有一年，爐主是書店老闆，聽說有個婦人祭祀時不小心就把孩子放到供桌上，然後那孩子就死了，事情鬧得挺大，警察都跑來了，整條黑街過了很久人們還說著這件怪事。

大年除夕的熱鬧，又不是這般。

大年除夕的黑街人潮，我祖母如此形容：「去拿盆水來，看我從窗口倒下去會不會流到地上」。

原本已經很窄的街，到了除夕前幾天就開始擺起路中間的攤位了。一下子，人們就像篸溝裡密密麻麻的生仔魚，黑壓壓一片，那幾天傍晚連海邊的燕子都不敢飛過來。

臨時加進來的攤子是各類年貨，我最喜歡聞臘鴨臘腸的氣味，還有那攤糖蓮子糖冬瓜也是我喜歡的，因為它也賣荳蔻，特別香。那時甚少塑料製品，揮春就寫在紅紙上招徠，也有人拼幾個小箱子來賣賀年片，花邊的卡，浸過香水的卡，除了花開富貴、龍馬精神這些，還流行五〇年代那種文青式：「啊在這美麗的春天裡讓我給你獻上深深的祝福」，好像收到卡就能馬上看到太陽升起來的樣子。

臘月殘念時節，街上也常有人當場煉藥賣藥，圍著一大幫人，中間一個已經燒了幾天的大爐子，在那裡熬虎骨膠，每晚敲鑼，響個不停。賣海狗油的雖然不是現場熬製，但他們會用擴音機，比敲鑼更響更吵，真的想倒盆水下去。

無論除夕大家再擠得如何臭汗淋漓，到了年初一夜裡，從窗口望下去，整條黑街早就進入沉沉昏睡狀態，安靜無人，水靜鵝

飛，只有偶爾嚇人一跳的爆竹聲，和對面窗口傳來麗的呼聲新年歌的猜獎遊戲。

那時候俯瞰黑街，就能看到它卸妝的樣子了。

註釋

[1] 現也譯作「武吉士街」，又俗稱「白沙浮」。

[2] 新加坡早期有非常濃厚的方言群體色彩，甚至按照籍貫來分配某些行業。「潮幫」與「廣幫」此文指潮州人群體，以及廣東人群體。

我家在芽籠 | 鍾秀玲

在新加坡，每每有人問及「住哪？」，而我的回覆是「芽籠」（Geylang）時，對方百分百反應都會挑一挑眉，若有所思。要是說大巴窯（Toa Payoh）、女皇鎮（Queenstown）、蔡厝港（Chua Chu Kang）或義順（Yishun）都沒問題，只要提起這個遠近馳名的「芽籠」，第一個聯想必然是「紅燈區」。

一九九八年，方才出閣，與我的他從沈氏道（Sim Avenue）喬遷至一間芽籠四十巷的公寓單位。九五年買下時，正準備當作轉手投資，豈料九七年令人始料不及的金融風暴來勢洶洶，誰也不敢輕舉妄動。結果這項投資變成了華而不實的大金磚，拿著手沉，放手又可惜。最終決定，就我倆夫婦，連同婆婆和小姑，四人一同入住新屋。

公寓確切坐落於芽籠四十巷，但聞說，為了提高公寓形象和售價，發展商向有關當局申請易址為旁邊的「基里瑪路」（Guillemard Road），但因公寓大門開在芽籠巷內，而非向著基里瑪路，所以申請遭駁回。

更滑稽的是，發展商給公寓起了個中文名「X春苑」——這無疑就是古代青樓的名字！所以在居民強烈的抗議之下，這個有「風月標籤」的公寓招牌旋即就被拆卸下來；取而代之的是，一個非常陽光的洋名。

其實，芽籠路（Geylang Road）很長，單向交通從樟宜路（Changi Road）連接到加冷路（Kallang Road），這條窄窄的小路就大約三公里長。芽籠路兩側，連接著許多單號和雙號的羅弄（Lorong，小巷），像是魚骨一樣——所謂的「紅燈區」，就真的只是小小的幾條小巷所構成的。

芽籠路和各條羅弄是由一排排整整齊齊的「五腳基」（Kaki Lima，店屋走廊）所構成的，大多建於十九世紀初。店屋設計獨特，許多都融合了中西建築的特色，例如法式百葉窗，但卻使用了中式的花卉浮雕，部分還是用了土生華人（又稱「峇峇娘惹」）的彩磚，促使各種顏色碰撞，形成了非常強烈的視覺效果。但好景不常，有不少羅弄內的五腳基被發展商收購後，就開始大興土木，不是被收購作商業用途，就是發展成小型公寓——新舊交替之感，有種說不出的滋味。一九九一年，芽籠路的店屋獲得了《建築保留令》的庇護，「臉皮」算是被保留下來了——在稍微維護與修正下，重新散發出其特色。

持有牌照的「青樓」，坐落在芽籠雙號羅弄，各別是六、八、十、十二等小號碼的巷子，這也是新加坡少數合法的「紅燈區」。黃昏時，偶爾不難瞥見出來站街的「姑娘」們；而夜幕低垂時，整個芽籠的紅燈區就會開始真正熱鬧起來。持照的青樓，門牌會亮起霓虹燈，而按小時計算小酒店外，遠處看去，會有許多人頭開始攢動。

未曾到過紅燈區的人，大概會想像著，站街的「姑娘」在舞動著水蛇般的腰間，用手招攬恩客的畫面在大街上演。但住在這

一區的居民，驅車經過這幾條巷子多少回，看到多是在街上「正經聊天」（談價）的男男女女，並沒有撩人的站姿或笑容淫邪的人客。這幾條羅弄裡，有泰式辣、中式俏、本地姜、印度香等，他或她，各佔據一席之地，花樣百出，而尋芳者各取所好。

紅燈區也必然帶動相關行業，如情趣店。不知何故，好多情趣店都好以粉紅色為主要色系 —— 也不知道是不是這迷人的粉紅色，挑弄起人們的慾望呢？（竟有研究顯示，粉／紅色能促進食慾！）粉色霓虹燈下，塑膠人偶穿著非常省布料的蕾絲性感內衣褲，手腳被扭曲，擺出很不自然的姿勢，看起來總有些詭異。陳列窗內，琳瑯滿目的情趣用品，顏色、尺碼、形狀各異，完全開啟了人類無限的想像空間，店內的其他壓箱寶，更能激起人們的慾望。

芽籠不時也能看到流動攤販。有時蹲坐在巷口擺地攤，極力地向路人兜售「藍色小藥丸」和某某「神油」之類的商品，主推「力能扛鼎」與「屹立不倒」——偶爾遇見「地牛」[1]，擺地攤的布一捆，就一溜煙地消失無蹤。

所謂食色男女，芽籠更是新加坡美食天堂。尤其是夜宵時段，各路各巷的人流與車輛簡直水洩不通，難以穿行。一家入住芽籠後，幾乎每天晚上都會拎著宵夜回家。雖然大家口味各異，但羅弄九巷的田雞粥、乾炒牛河，羅弄三十三巷的沙煲飯（已遷至美芝律[2]（Beach Road）一直讓我們流連忘返。

我則中意二十四小時營業的老字號「搵到食」[3]（香港點心食肆），選擇多樣化，風味也很地道。羅弄二十九巷的「水X福

→ 位於芽籠24-A巷24號的劉關張趙古城會館。（照片：鍾秀玲提供）

建炒蝦麵」，雖時常大排長龍（最少都以半小時計算），但我卻曾留意觀察頭手（指總鋪師或大廚）翻炒黃麵（生面），到加湯滾煮海鮮配料，開鍋又蓋鍋，一共三回，手法熟練，沒有任何多餘的動作——滋味油而不膩，鮮味十足，而熱騰騰的鍋氣，即便讓我再排一小時也心甘情願。

　　台灣的「永和豆漿油條大王」在這也深入民心。鹹豆漿，淋上酸酸的黑醋，在蛋白質分離都，白色的豆花散在碗裡，搭配幾塊油條時，是朝吃暖胃，夜食清爽。

　　芽籠新貴還有「JB Ah X」，別看不起那其貌不揚，扁扁且乾

褐色的的「三樓米粉」，它那焦香和口感總讓人齒頰留香。再來一盤入口噴汁的南乳炸花肉，人間美味就在這裡。這間餐館，已經成了本地老饕和獅城訪客必打卡的地點，要吃個飯，要很有耐心排位。

初搬到芽籠時，如果到紅燈區附近買夜宵，先生都不讓我單獨下車，怕我被別的男人盯或搭訕。我也煞有其事，不敢和陌生人對眼。若干年後，我們偶爾還會到芽籠買宵夜，他把車停在後巷，非常放心地讓我下車打包，他至今還納悶我為什麼下車時會翻白眼！從「新娘」變「老娘」待遇畢竟不同！（哈！）

猶記得家中老大還是小娃時，常牽著她的小手，光顧芽籠大路上的水果店。這些水果店店面裝潢非常一致，就是沒有裝潢。白色的牆，石灰地板，簡單的白色木架上，色彩斑斕的蘋果，鮮橙、香蕉、西瓜等，就是店裡唯一的點綴和商品。我讓小娃摸摸水果，教她辨別水果。

當手寫的，紅色「包吃」大字出現在店裡店外時，就是每年讓我嚮往的榴槤季節！貼心的店家搬出折疊式的桌椅，擺在店前，供客人露天堂食時使用。我和先生一貫讓店家幫忙挑榴槤，這些熟手，只需要用小刀敲敲榴槤外殼，捧起榴槤在鼻子嗅一嗅，幾乎選的都不差。不論是我喜愛帶苦味的品種，或是先生偏愛的軟綿甜膩的，店裡的熟手都能一一滿足。為了方便，我和先生也偶爾把榴槤打包回家吃。黃色的榴槤被包裝在白色的尼龍盒裡，雖然省去剝榴槤和丟棄榴槤殼的麻煩，味道也不變，可是，我總覺得少了番就地吃榴槤的「野趣」。坐在街邊從榴槤殼裡取

榴槤，嚼著綿密的果實，車輛在跟前飛駛，吃一口榴槤飄香，吸一口廢氣，別有一番風味。

吃飽睡足，精神領域也必須被照顧。芽籠充分展現我國社會包容多元種族，多種宗教的特色。走到芽籠大路和芽籠羅弄裡，不難發現神廟、佛堂、禮拜堂、回教堂（清真寺）全都是鄰居。碰到廟宇哪位娘娘、元帥慶誕時，羅弄內的路會有搭建臨時的帳篷，供廟會用。農曆四月十五衛塞節，是眾多佛堂的大日子。曾經我和先生兩人各拿一炷香，牽著手從巷子一頭拜到巷尾一端。穿梭在一堆虔誠的信眾裡，兩隻眼睛被熏到睜不開，可是又很享受這樣熱鬧的景象。一條街走下去，要拜的拜，要祈禱的祈禱，多神護佑。在新加坡這樣的街景，可能算是常見，但現今，還有多少社會還在為宗教間的包容性努力，在掙扎——雙手合十感謝這樣的和諧安寧的生活。

芽籠，外界看起來「魚龍混雜」，其實它樸實無華，不是白白淨淨的，卻實實在在的。

註釋

1 地牛：新加坡福建話、閩南語，指來掃蕩非法攤位的警察的俗稱。

2 律：以福建話、閩南語，「律」（lud）與英文的「Road」相近，是新加坡早期華人對「路」的俗稱；例如美芝路（Beach　Road），舊俗稱為美芝律。

3 搵到食：廣東話雙關語，可指找到地方吃東西了，也指找到了能維持生計、糊口的工作。

加東 ｜ 馮啟明（譯者：汪來昇）

　　加東[1]，加添東方，加值東方。磅礡如昨，卻海市蜃樓。直至海岸線後退，觸及瀝青路。「錢浪」沖刷在淺灘上死去；由慰安所至「肅清」[2]墳塚，無以慰藉，只能逃離。直至八〇年代後，一家家雨後春筍又轉眼關門大吉的補習「店鋪」、女傭介紹所、娘惹食肆、霓虹酒吧、難以忘懷的種種招牌、酒店，以及其他被法令拆毀的老厝。昔日財寶，至今更顯璀璨，而地鐵依舊不通行於此。「紅屋」[3]裡發起的咖啡及西餅店，現在已紅得發紫，成為了「社區文化的日常建設」-「真美珍」[4]熬出了「點炭成金」的歲月。在一個人與群居，擦肩挨緊的城市裡，彼此卻咫尺天涯；遠離市區取得的時尚擾攘，使那些迫切被渴望的市區住址，顯得一般。單薄的嘴唇，噘起如天際線，高談闊論著明天，句句卻無以傳入僕人階級們的耳裡 —— 伴隨與生俱來的高貴，一種身份，萬般特權。這好似永夜。消費叻沙[5]如飼養純種馬一般。

　　不曾在這裡住過，也負擔不起。最深入時，也僅僅是吃著在加東購物中心裡的雞飯、光顧著翻版光碟小鋪、花店，放學後去打電動、看看電影，然後與富可敵國的朋友們一起編織虛幻的未來夢想。他們在砲台路偌大的堡壘豪宅，竟是如此鄰近那曾經失守的（英軍）砲台。他們的家長認為鹽水吹拂的風會鏽蝕一切建設，而當馬林百列[6]沉入流沙中時，這輩子的寶貴積攢，又還將

剩下幾何？該如何讓廢棄的別墅豪宅，變成為傳奇凶宅？誰該如何說服時間停止？

....

註釋

[1] 加東（Katong）：曾經是新加坡的天然東南部的海岸，歷史非常悠久。直至一九九六年，新加坡政府開始填海工程，將可用土地延伸至今天的東海岸公園（East Coast Park）。

[2] 肅清：或肅清大屠殺，指日軍在第二次世界大戰中佔領新加坡時一個針對當地華人與反日分子有系統的種族清洗。雖然在一九四六年已經有人用「肅清」一詞來形容這個大屠殺，但新加坡的中文刊物在一九八〇年代時才開始廣泛地使用此名詞。

[3] 紅屋（Red House）：是「嘉東麵包廠」（Katong Bakery & Confectionery Co.）的俗稱，因店屋外觀油漆刷成紅色，所以稱之為「紅屋」。目前，紅屋的外貌保留了下來，現由「MICRO red | house」接手經營。

[4] 真美珍（Chin Mee Chin Confectionery）：上世紀四〇年代在門牌二〇四號東海岸路開張的「真美珍」咖啡及西餅店，早前因接班人青黃不接和不敵強烈競爭等問題忍痛結業。但經過兩年沉寂後，這家經典茶室將與創辦新派中餐館「龍堂」的 Ebb & Flow 集團合作，而真美珍的原店主則將繼續擔任股東。

[5] 叻沙：加東叻沙受住在加東地區的土生華人啟發。它有色如火燒夕陽的香辣濃湯，以椰奶和蝦米入味，再澆上鮮蚶、蝦和炸魚餅等食材。其特徵在於它的米粉，粗粉被切成短條，用勺子勺起即可輕鬆享用。在一些攤位，吃叻沙時只會給勺子——根本不需要筷子。

[6] 馬林百列（Marine Parade）是新加坡靠填海延伸出去的城鎮。

....

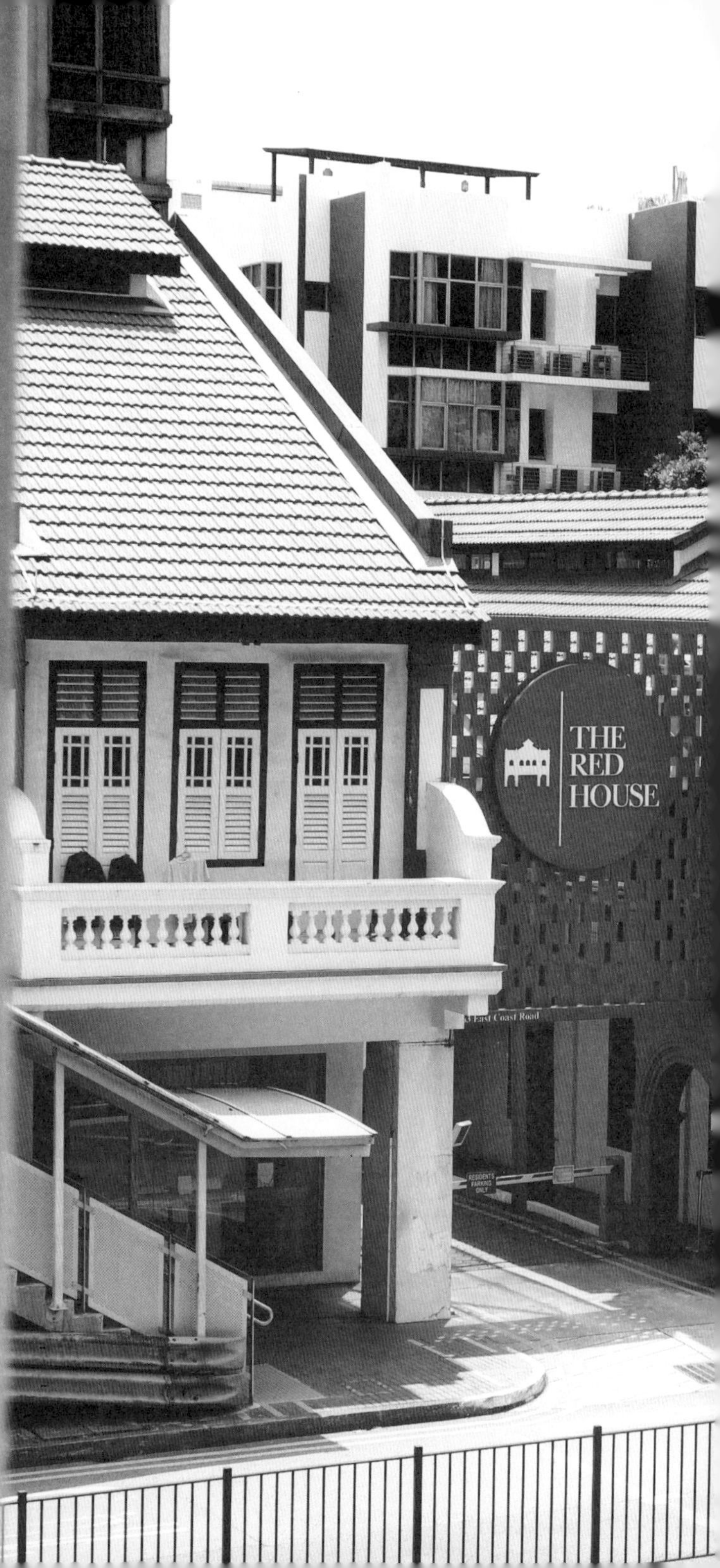

→嘉東麵包廠，俗稱「紅屋」。（照片：陳文慧提供）

當楊厝港路夢見後港五條石 ｜ 林得楠

青春拐個彎就到
楊厝港路盡頭
後港五條石愛左顧右盼 [1]
左邊半斤八兩喧囂
右邊浪子心聲惆悵
足跡如歌　來自偶然
來自五腳基　來自唱片行
來自濕巴剎　來自母校操場 [2]
交匯在煙起塵落的大街上
小巷中　張小英唱醒三個夢
便在星光戲院裡
化作奧特曼激光燒斷膠片
帶焦的愁滋味自銀幕剝落
便是天空裡誤闖課堂的雲
穿過校舍百葉窗
隨紅男綠女　雲吞面香
清湯甘甜　叻沙辛辣
不約而同飄向八十年代車站
橫豎撇捺　在此揮手

來路東南西北

歸路有短有長

如隔壁班女生的影子

單戀時長　暗戀時短

她牽掛我　如我牽掛校歌

唱：後港之水清且揚

障以林木山，崗中有學校

曰光洋

此歌悠揚　似燕飛翔

這樣的旋律，竟也是出殯曲

我懵懂卻習以為常

當國華戲院以五毛錢一張票

放映李小龍葬禮

當楊厝港路夢見後港五條石

我回眸　遇見你

▌**附記**：楊厝港路（Yio Chu Kang Road）是新加坡北部的一條較長的道路，連接湯申路（Thomson Road）上段和實龍崗路上段（Upper Serangoon Road）。楊厝港路與實龍崗路上段交接處周邊俗稱「後港五條石」。此地帶在八〇年代之前可說是後港較熱鬧，較有人文色彩的地區。這裡有著名的林大頭濕巴剎、二線與三線戲院（國華與星光）、附五腳基的傳統商店、書店、著名廟宇（斗母宮－九皇大帝廟）等。早期華校光洋中學（附設小學／作者母校）也在此。自發展為商住區後，這裡的小鎮風光盡失。

註釋

¹ 「一條石」等於「一英里」。比如裕廊路（Jurong Road）有十八條石、新加坡南洋理工大學是在十四條半石、林厝港有十九條石等。「條石」是方言詞，當年各主要道路上都豎著計算路程的「里程碑」（以洋灰砂石製成）。條石的計算一般以市區為起點。另，若以「四條石」為例，確實地點在哪裡得看指的是哪個地區，若是武吉知馬（Bukit Timah）四條石，大約是在以前的新加坡大學（今天的植物園延伸部分）；若是後港（Hougang）四條石，大約是目前的實龍崗路上段（Upper Serangoon Road）和布拉德路（Braddell Road）交界處。

² 巴刹（Pasar）：馬來文音譯，指菜市場。超市裡的小市場是「乾巴刹」，而一般沒有冷氣的社區／鄰里巴刹為「濕巴刹」。

邊境 | 牛油小生

電梯裡女孩準備發送她的抗辯陳詞。

「Simon 不是說我可以 work from home [1] 嗎？為什麼現在 Eric 講不可以？」

她一邊按關門鍵一邊穩住她的聯邦腔 [2]，在那密閉的空間裡，她必須堅定，不能示弱。

從兀蘭（Woodlands）關卡入境廳穿過涼快的高架橋，下樓是隧道般陰森的長廊，再下一層才能抵達火車站邊的德士站，檢疫系統刻意設計的迴廊經常使人憂鬱。這一刻，零零散散的旅人都是同一趟 non-VTL [3] 巴士下來的乘客，因此我能明白女孩的不安：疫情中回馬來西亞老家過年，買不到 VTL 車票進新加坡，只好選擇在新加坡住所居家隔離，如果老闆出爾反爾不讓她在家辦公，工作就麻煩了。

多少人在疫情下只能飯碗家庭二選一。

走下階梯，刺眼的陽光把兀蘭中心路（Woodlands　Centre Road）刷得更加荒蕪。女孩兀自走到看板下等 Grab [4]，我低頭努力解決手機信號問題，跟丟了她的故事。她的危機能否解決，無從知曉。一如從前頻繁又匆忙的跨境旅程，多少能聽見別人生命的某個片段，或是偷看到人家手機屏幕裡的臉書 IG 連續劇手遊漫畫小說，一句情話一段牢騷或美女照片可愛狗狗以及各種內宣

外宣的喧嘩，「you are what you read」抑或斷章取義，畢竟如此萍水相逢，最適合腦補各種情節，跨境旅行為虛構提供無窮機遇。

從前每天塞爆的兀蘭中心路，德士司機怕會堵在車龍敬而遠之，還沒有 Waze[5] 的年代，不知有多少駕車人士誤入陷阱，只能苦等兀蘭中心路、BKE[6] 與克蘭芝路（Kranji Road）交界的恐怖交錯，緩慢袪除壅塞之魔，那些從高速公路湧向關卡的汽車和巴士，會在高架橋分岔口嫁接出新的車道，迫使遵守規則的車輛往路邊的工廠圍籬退散。從此羅網裡再無紳士，易怒、躁動，不小心尿意來襲，直接想死。

如今疫情中，新馬來往阻斷，兀蘭中心路暢通無阻，竟讓人高興不起來。平均每天二十萬大軍往來的長堤，如今空蕩得走幾步恐怕都有回音。

是要自由意志造成的堵塞？還是防疫管控下的通暢？

現實往往找不到平衡點。

兀蘭中心路像一條套馬索，從馬西嶺（Marsiling）地鐵站北上，經過馬西嶺小學、馬西嶺公園，然後開叉包圍曾經的兀蘭鎮商圈，中央還有一座偌大的熟食中心，斜對角一家媽媽檔[7]，滿足各族需求。其實商圈建於一九八〇年代，有著與同年代建起的紅山中心建築群一樣的紅磚與馬賽克外牆，不過卅幾年風雨，他們都顯得蒼老了，無法與冷氣百貨公司相比，更兼此處位處邊境，邊境總是風塵僕僕的。老媽說以前那裡賣的毛巾很出名，但我從來沒有買過。更早以前兀蘭還有很多菜園，她說，阿嬤還會

走路過長堤買菜。如今馬來西亞農場產的頂級蔬果全都出口到新加坡，老媽總囑咐我在島國生活時多買蔬果來吃，別老吃打包[8]。

　　商圈沿著坡地而建，每逢週五晚塞車被迫棄車走路，都會穿過此地。商圈就像一種緩衝，將人從未來感十足的鋼鐵森林送入悶熱潮濕的雨林。若要體驗比這更強烈的古早味，從前還可以乘上從丹戎巴葛（Tanjong Pagar）北上的火車，穿過克蘭芝林野，那旅程讓人忘卻自己仍身處繁華島國，彷彿千尋一家穿過的奇異隧道。這個城市中的蠻荒奇蹟其實建基在歷史遺留的棘手問題，更像是一條忘了取出的胃窺鏡，多少安全問題難以解決，直到二〇一二年馬來西亞政府將島上鐵道土地交還新加坡才告一段落。火車站也從富麗堂皇的丹戎巴葛搬遷到兀蘭關卡德士站旁的小小空間，特色盡失。

　　Grab 顯示司機還要六分鐘才能抵達，記憶回到疫情前某個悶熱的農曆年前夕回鄉潮之夜，我從馬西嶺地鐵站走向兀蘭關卡，步入老商圈，沿著斜坡走下去，昇菘超市總有絡繹不絕的顧客和卸貨的工人，超市對面的露天停車場泊滿跨境巴士，吵雜聲、油煙味、車龍與行人的煩躁擠爆我的眼耳鼻舌身意，在交通燈前看到對面等待離境的隊伍已經從檢疫大廈排到馬路邊，前景教人絕望。有個熟悉的面孔就在附近，彼此厭世的臉默契迴避，擁擠悶熱得要命，心底卻是冷冰冰的，下次見面再說說彼此當時的臭臉吧？敢情是個不錯的開場白。而今這些討人厭的情節全被疫情消除了，卻在回不了家的人的心裡形成自虐式的期待：無論

多塞至少還能回家。

不怕慢只怕站。

被夷為平地的商圈據說會成為兀蘭關卡擴張升級的腹地，那角落曾經繁華熱鬧的兀蘭邵氏電影院與 KFC 快餐店舊址。疫情剛爆發，兩地阻斷往來初期，好多無家可歸的馬來西亞勞工在電影院周邊餐風飲露，經媒體報道才有相關單位伸出援手，事情總如此，至於這塊被兀蘭中心路與鐵皮圍起來等待發展的土地，而今又歸於寂靜。

Grab 司機抵達，紅色豐田 Sienna，我遵照防疫措施，告訴他我是 SHN [9] 居家隔離者，他不置可否，我只好祝他新年快樂。

車子在兀蘭中心路繞了一圈，迅速找到 BKE 的入口，我才意識到這條套索般的馬路，以老商圈為中心輻射。原初的設想肯定是個四通八達的所在，沒想到卻跟不上發展速度。在新馬匯率差距擴大的太平年代，承載不了入新工作者的巨大流量，注定要被效率極高的一方大力改造。

....

註釋

[1] Work From Home：指居家辦公。

[2] 聯邦：原指馬來西亞聯合邦，在新加坡於一九六五年獨立後，多指馬來西亞；因此，聯邦腔指馬來西亞華人特有受方言口音影響的華語腔調。

[3] 二〇二〇年三月十八日，馬來西亞因疫情關閉國境，直到二〇二一年十一月底新馬兩地才設置疫苗接種者旅遊通道（VTL - Vaccinated Travel Lane），不過每日車票有限，時值農曆新年期間，不少人買不到 VTL 車票，選擇進入新加坡後按規定自我隔離。

[4] 新加坡私招車公司。

....

5 衛星導覽手機軟體。

6 BKE：Bukit Timah Expressway，新加坡武吉知馬高速公路的簡稱。

7 媽媽檔：又譯媽媽店。「媽媽」音譯自淡米爾語的「mamak」，新馬一帶
用語，多指具有馬來和印度風味的小食肆。

8 打包：新馬一帶用語，指外帶。

9 SHN（Stay Home Notice）：新加坡疫情時的法令，指居家隔離令。

橋南橋北消散的市井氣 | 周維介

　　一九七〇，我大一修讀《文選》時，老師展開一項語言田野調查，分派同學到不同的街衢弄巷，記錄商號的語文信息，看看能否從中爬梳出炎黃子孫落戶南洋後所衍生的文化葉脈。我與小坡有緣，那回被分配到此敲門訪戶。橋北路（North Bridge Road）過去慣稱「小坡大馬路」，乍聽有上世紀二三〇年代老上海的感覺。這條鬧市裡的幹道，平日晝夜車水馬龍，絲毫容不下片刻冷場。我禮拜天早晨沿街走訪，多數鋪子休業，門戶緊閉，通街戒嚴般清淨。那年頭門鈴還不興，不少店鋪仍然使用粗拙土味的木門栓，我逐戶拍門叩戶，多有回應，有的小心翼翼開個門縫，疑惑細問：你是「政府人」？要趕（迫遷）了？面對一臉狐疑不安，我表明自己是南大生 [1]，到來討點資料，立馬換得霽散天青，店家誠摯送上茶水，聊起籌建南大時社會熱火朝天動員捐款的往事，橋北路這兩排矮店屋都積極表達了心意，有一小片榮光。

　　那時社會上政治氛圍濃郁，新加坡脫離馬來西亞獨立沒幾年 [2]，大規模的城市重建計劃上路了，這裡拆那裡遷的種種傳言不脛而走，帶出惶恐不安夾雜著殷殷期待。橋北路與平行的維多利亞街房子還是拆了，電影院幾乎不留，僅存寂寞的首都 [3]。與這兩條大街血脈相連著的啟信街（Cashin Street）、荷羅威巷

（Holloway Lane）與培英街（Bain Street），搖身變成組屋[4]，底部是多層商場，芳名百勝樓（Bras Basah Complex），俗稱為「書城」。它的初心，是讓百勝樓成為書業的「小販中心」，結果書店在此蹲點，四十餘年後壓根兒沒「百勝」，「書城」輸掉了一大半書店，昔日聚攏的書香消散了，重聚不再。

　　橋北路商圈的月蘭亭粿條香散了；瑞記雞飯、友聯對面及附近幾條巷子裡的牛肉麵悉數蒸發；五六間宗親組織寄身的荷羅威巷滅了跡……之後，市聲的喧鬧啞了。在一個建設熱度爆棚的年代，激情是王道，輕易碾壓微不足道的保存弱音。我青蔥歲月稔熟的橋北路毀了容，原先以兩層店鋪為主的老房子全都讓位給了高樓大廈，小坡老城區宿命地撤退到人們的記憶裡。它的幾條橫街倒是留住了若干聊備一格的建築標本，供後人憶苦思甜。

　　橋北路與平行的維多利亞街（Victoria Street）重造後的景觀我也熟悉了四十年，總覺得它缺了厚重的生活情感。規劃整齊的街道並非自然生成，少了野蠻生長的勁頭，街道生態就不接地氣。而今再到小坡，街道的經緯縱橫，脈絡井然，你休想重逢拐進弄巷別有洞天的驚喜。千禧年之際，新加坡管理大學（Singapore Management University）宣布落戶小坡，我一廂情願期待，這裡將現新的人文景觀，到時數千大學生在此生活，街道商圈必然呈現與大學作息相關的互動，結果二十年光陰嗖嗖過去，清風沒捎來街衢閭巷中飄來的黌宇氣息。

　　城市重建以前，小坡晝見市井喧鬧，入夜是燈火通明的不夜天。以橋北路為圓心，畫個一公里的圓，生活中的柴米油鹽、聲

色犬馬、富貴貧賤都收納其中。對比今日小坡，它的繁華早已折壽，七十二家房客式的居住環境不再，稀釋了小坡的活力；密集的市區居住人口被明令外遷，市井生活的味道頓失，水過無痕。雖然後來白沙浮重塑新顏，沒有「阿官」（人妖）襯托，怎麼說都像炒菜忘了放鹽。曾經的白沙浮（今 Bugis Junction 一帶），一路紅到紐約芝加哥，是異國水手釋放心情的首選地。白沙浮亦稱「黑街」，以人妖負盛名，夜裡花一元錢便可當街與妖嬈的人妖合影。

白沙浮是名副其實的不夜天，由於居住人口稠密，夜晚活動因而多元，喧鬧輕易地把夜色燃燒至深夜。白沙浮的夜就是一個大面積的露天地攤，放任地生長，廉價物品與多元美食，把夜市翻炒得熱氣騰騰，讓來往的客群在視覺上大快朵頤。大學時，我心血來潮會到此打獵，主要是逛書攤。夜市書攤比一般書店有草根味，書種通俗，有許多香港三毫子小說，絕對下里巴人。我曾經在黑街書攤偶拾印刷粗糙的《肉蒲團》，如獲至寶，帶回宿舍，損友間跨系傳閱，最後不知所終。

與橋北路交錯的密駝路（Middle Road），是左翼工團的大本營。上世紀五六〇年代小坡的政治氛圍濃郁，密駝路更是政治標語布條橫陳張掛的街道，汎星各業工聯、黃梨業、鞋業、書業、藤業……各個行業的工團在此紮營安寨，形成氣勢如虹的政治基地。曾經風光無限的左翼社會主義陣線黨總部，也在小坡二馬路（「維多利亞街」的俗稱）插旗。這區塊內的咖啡店，好些都不介意張貼左翼政黨的標語。偶爾，還有黨工入內分發政

治傳單。初中一時我經過友聯書局近鄰的咖啡店,曾目睹「便衣人」從咖啡店樓上帶走兩個人。後來查閱資料,方知這裡是金銀業工聯的基地。一九四〇年代,馬來亞共產黨在新加坡的市委辦公室,也在小坡。一九四五年,本地首個政黨馬來亞民主同盟成立,有五百人出席了在橋北路自由舞廳的慶典。

小坡,環繞著橋北路是一片茂盛的書田。它如當年台北的重慶南路、老上海的福州路,滋長著眾多書店,商務、上海、大眾、友聯、學生、青年、中學生、南洋、南大、黑貓、中國、中央、大成、學友等等書店,幾畝書塘,紙光字影,在市井招呼心飢目渴的知音。

書店,伴著杏壇學子,自是錦上添花。瀰漫臭銅味的商都裡,芝蘭之室,薰香默化了多少心靈?小坡區塊除了華文書店,在勿拉士峇沙路(Bras Basah Road)與橋北路交界地段,還有成排的英文書店,為莘莘學子提供閱讀口糧。當時它的邊上,有頂尖的萊佛士書院,區塊裡還有老牌的萊佛士女中、聖約瑟書院、聖嬰女中、英華小學、聖安東尼女校,加上公教、聖尼格拉、道南、南華、培青等知名傳統華校薈萃一堂,霧聚雲凝了小坡名校區的氛圍。市區,那年頭包攬了社會上各種有利的資源。城市重建計劃展開後,市區裡的學校悉數撤離,文化的味道也隨風而去。

看戲,是那時人們逛書店之餘,另一種受落的精神口香糖。小坡的電影院,絕不少於大坡,奧迪安、首都、光華、新娛樂、曼舞羅,不同院線,天天端出中港台、東洋與西洋口味的新戲或

殘片，華語、英語或閩粵方言，任君選擇。

那是個盛產精神穀物的街區，橋北路周邊的巷子，曾是不少宗親會館埋鍋宿營的所在。百年前漂洋過海自北南下的移民，通過棋樟山疫站[5]的手續後在本島上岸，幾乎都向宗親會館直奔而去，在初來乍到的陌生地尋求協助與慰藉。橋北路左右的橫街是小型宗親組織的匯聚地，它認同地緣與血緣，以多元的排憂解難方式，凝聚了千里外的鄉情。小坡區塊裡還有為海南社群熟知的「公司樓」，為單身鄉親提供寄宿方便，免去餐風飲露的尷尬。離家多時，異鄉客成了在地人之後，宗親組織廢了武功，紛紛撤出這些街道，一些不知所終，一些在新陳代謝、自我更新的吶喊中苟延殘喘。

橋北路與梧槽路（Rochor Road）交會一段，底層生活氣息濃郁。我童年時，老聽人說那小區塊俗稱「魯班讓」，長大後向前輩求教，方知是「魯馬班讓」的訛音，馬來話「Rumah Panjang」，「長屋」之意。城市重建時，那一塊地冒現了幾座「彩虹組屋」，紅黃藍綠的色彩刷上，成了新地標。沒想到一代人才長大成人，結婚生子，彩虹組屋又遭夷平，打入記憶冷宮。

橋北路與密駝路交叉的小區塊，是海南人活動的區域。今天的一處露天停車場，當年俗稱中秋園，是海南街戲的搬演處。這塊方圓地裡，瑞記、逸群、寰宇、美芳、津津等海南雞飯在此起風雄飛；永遠芳、萬合豐、紅屋三大海南麵包店在此任性釋放人們對它的記憶；華興牛肉麵、南同利餅家共同造就了海南飲食文化。橋北路三〇〇號與勿拉峇沙士路交界處的神龍大藥房，紅牆

麗影，成了那年頭市區裡的醒目地標。這個當時新加坡最大的西藥店，一八八六年由德國人創辦，二戰後轉手海南人經營，直到城市重建，才黯然離去。

橋北路靠著新加坡河的一端，俗名「水仙門」。路的左右銜接著諧街（High Street）、禧街（Hill Street）、歌里門街（Coleman Street）和阿美尼亞街（Armenian Street），是法院、市議會、西式茶座的分佈地段，社會精英活躍於此，Polar[6]當年的糕餅香中，圍繞著議員與律師的身影。歐羅拉、美羅、東風、高登以及郭寶崑之父經營的燕京百貨公司，至今仍讓耄耋者老懷念。這裡有個東南亞唱片行，售賣各類方言戲曲、美聲、相聲與流行歌曲音品，加上廣聲、東方、海棠等同業，水仙門成了黑膠唱片、磁帶歌友流連忘返的發燒地。

一九五〇年代，水仙門也聚攏了不少書店與出版社，在華文的榮景期栽種了生機盎然的文化盆栽。今日的半島酒店，原是錯落著的低矮店屋，裡頭有維明圖書公司，它一邊進口香港藝美圖書公司的書品，一邊出版本地文學創作，在飛揚的年代裡燃燒文化激情。水仙門是上海書局起步的地方，南洋書局、美美圖書、中立書店和華僑書局都曾在這個小區塊逐風追浪。

橋北路往北，過了河水烏亮、發出惡臭，卻掌握著經濟命脈的新加坡河，就是橋南路（South Bridge Road），慣稱的「大坡大馬路」。河的這一邊，底層的氣息更足了，方言的區塊更為明顯。靠河的克拉碼頭（Clarke Quay）區域，潮州人的天下。從橋南路拐入香港街和俗稱「山仔頂」的北干拿路（North Canal

→ 橋北路與梧槽路交會一段的「彩虹組屋」。（照片：符志修提供）

Road），海味乾貨的味道瀰漫在空氣裡，一如港島的上環。

橋南路再往前走，便與吉寧街（今克羅士街，Cross Street）相遇，左側便是直落亞逸區塊，閩南人的領地。天福宮、崇文閣、萃英書院、福建會館、愛同學校的塊磚片瓦，皆為抹不去的閩南印記。橋南路的右邊，是世人熟知的牛車水[7]，粵人的情感舒適圈。城市重建計劃落實以前，這裡是娛樂、飲食、梨園、會館的集中地。它的文化年輪，比小坡又多上幾圈。離橋南路百餘米處，赫赫有名的南天酒樓是郁達夫與王映霞情感故事的歷史現場，是二戰前文化人觥籌交錯把酒言歡的所在。

從橋南路與吉寧街交接處輻射，數量可觀的書店錯落其中，它們才是島國書業的前行者，比小坡書業風光早很多年。一九四五年二戰結束前的歲月，大坡的書店數量輕易碾壓小坡。尤其是商務印書館、中華書局與世界書局，在很長的時間裡，在同一條

街撐起一片文字天空。而外牆由郁達夫題字的星洲書店，也無意間為橋南路添加了文化墨彩。

　　一九二四年老舍從中國赴英講學，輪船在新加坡短暫停靠，他得以到市區玩了一天。他從紅燈碼頭上岸，便奔向大坡橋南路商務印書館。五年後他回返中國，因短了盤纏而落腳星洲，在這南陲海島生活了近半年時光。橋南路的中華與商務，成了他外出溜達的所在。直到上世紀八〇年代，每逢週末，橋南路邊上的中華書局三樓，有文人雅集，國寶級書法家潘受與一眾老友在此談文說藝，並現場蘸墨舞字。青年朋友，識或不識，皆可移步向潘老討字，他一般來者不拒。

　　後來，書店群沒了，書友散了，獵食的氛圍消了，黑街熄火，工團解體，宗親會館撤離，公司樓功能廢了，學堂集體疏散，餅香被舌尖遺棄，方言區瓦解冰消……橋南橋北曾經的街區文化，湮沒於都市重造的打樁聲中，市井氣就此蕩然。老街道

的文化，是自然生長，經時間沉澱，積累了厚度才清晰顯影的。破舊立新是很爽的事，但世間存在著不破舊也能立新的選項。錯過了，機械怪手一發難，破鏡圓不了。

註釋

1　南大：在此為新加坡「南洋大學」簡稱。

2　新加坡於一九六五年獨立。

3　首都：此指首都戲院（Capitol Theatre）。

4　組屋：泛指新加坡建屋發展局所建造的公共房屋。

5　棋樟山（St John's Island，現稱聖約翰島），在新加坡南部的外海。早年中國人移民到新加坡，入境前須隔離，以確保外人不會把病菌帶入新加坡。一般上，檢疫期是一個星期。等到這觀察期過後，確定沒有患上任何傳染病症，移民局才放人，准許登陸新加坡本島。

6　Polar：指 Polar Café，新加坡糕餅老字號，今易名為 Polar Puffs & Cakes。

7　牛車水：是新加坡唐人街／中國城（Chinatown）的專有名稱。

左右的回憶 ｜ 艾禹

　　小時候，街長，彷彿得走一輩子，直到有一天發現它變短。那是在多年以後，和同學朋友走在街上，談笑中偶然發現的；後來一人上路，驚覺它真的在縮短著，興許是過於習慣，對重複的路和景物已經麻木。

　　四歲那年，隨家人搬進了女皇鎮（Queenstown）的瑪格烈通道（Margaret Drive）七層樓組屋。小不點時，記憶是空白的。直到六歲，空白才被走廊上每天持續傳來的笑鬧聲喚醒，好奇地探頭張望，期盼自己也能成為其中的一份子，於是要求媽媽「放監」。

　　孩子們沒有很多心思，混兩下子便熟絡。玩著貓捉老鼠、放手巾，更玩「煮飯仔」（辦家家酒），只因全部都是女生。聽說鄰居阿姨一直想生個兒子，誰知「博」到的都是女兒，還在不斷努力等候奇蹟。

　　午後三點，走廊開始熱鬧，原來的陣容幾乎每天都有外來的加入者，或來自其他樓層，或來自住在對面樓的孩子們，男的女的都被強烈的歡笑聲吸引著，像燈蛾般撲了過來。眾人的吶喊，麗的呼聲[1]是招架不住的，聲音馬上變得懦懦無力，不敢來驚動小猴王。直到大人受不住了，敲破喉嚨喊著，大家才不情不願一哄而散。

樓高七層的組屋基本上只有四座，四面被其他樓高三層的矮屋包圍著。我們的單位在頂樓位置，毫無遮擋，視野一片遼闊。每座屋子的間隔距離不遠，這使得媽媽們輕而易舉就能望穿對面樓層人家平時的起居生活。「窺視」雖名不正言不順，卻還是成為一種習慣，窗邊或走廊的欄杆處，兩邊人家的私生活都同樣落入住在高層樓房的婦女們眼裡，並成為她們之後的熱烈討論話題。午飯剛吃飽，幾個人便集合，圍在某家人的門口匯報今日的新發現或某件事情的延續發展情節，比李大傻和王道[2]還厲害，她們都善於把故事說得高潮迭起，彷彿就置身在那戶人家家裡，發生的事情似乎都和自己切切相關。這種場合小孩子們只有傻愣愣在旁聽，當一名忠實的聽眾。

　　偷窺本不是什麼光明正大之事，但媽媽們總有辦法讓它變得存在意義。巴剎[3]裡的偶遇，旁觀者和被偷窺者竟能在某種微妙的關係中攀談起來，在明示與暗示中，某些家庭問題獲得迎刃而解，之後雙方還成了好朋友。更甚者，半字不識的婦女有時還會成為受委的私家偵探，偷窺竟成了一項神聖任務。

　　大人喜歡近距離，小孩們卻極愛遠眺。住屋後面山林裡的洋房最吸引著年幼者的眼球。學著大人偷窺，卻永遠什麼都看不見、看不清，徒然只是一番自己腦海裡編織的故事，很精彩——卻都是假的。

　　通道的名稱是某位英國皇室公主的稱號，洋派洋派的，但實際上大部分人只認識它叫「新路」。俗名比洋名更家喻戶曉。但不管什麼名字，從未影響街周遭的寫實性，樸實無華的小鎮，學

校、教堂、巴剎、圖書館、診療所、戲院、小販中心，還有百貨公司都一應俱全，這些建築物把街團團包圍著，讓它發揮最大的使用功能。但街終究是街，它的內斂和不善譁眾取寵，使它沒有引來太多在意的目光。直到我家對面的一片土地突然被剷平，興建了幾座龐然的長型建築，情況才開始有變。

「女皇鎮監獄」的出現，一度擾亂了街的寧靜，有時還顯得雜亂無章。街道上，警車的呼嘯聲多了；街邊，守株待兔的人也密了起來。在某個時間點，大家都會在街道的兩旁守候，他們不是為了要親睹囚車裡犯人的尊容，他們只是在等待一個能讓他們發財的希望。每當押送犯人的囚車和護送警車出現，大家便緊張的抄錄下相關的車牌號碼，轉身走入最靠近路邊那間咖啡店趕著下注。咖啡店的人潮在這個時刻急速膨脹，收注和下注的，龍蛇混雜，烏煙瘴氣。不管情況有多糟糕，咖啡店老闆始終張著萬字一樣的嘴巴熱情地招呼顧客。咖啡捧來捧去，桌子底下的痰盂吐來吐去，黑市的交易在這裡變得光明正大。

街天天在走，有時向左，有時向右。

我住的地方靠近中心，向左走可以直達就讀的中學。上學是趟招兵買馬，學生們在街道的兩旁定時出現，一起經過神聖的小教堂，穿過兩所小學，再越過一個大溝渠後，校舍便在望。三三兩兩的小隊伍，在到了校門口後就馬上匯集成一股大軍一起朝校園內衝去，常常令守門大叔招架不住。

放學後，人潮的移動都向右方，因為那是主要住屋的集中地。右邊同時也是商業建築和娛樂場所的中心點。學生都怕寂

寞，放學不想回家就會朝中心鑽。我們買不起戲票，也沒有錢可以選購百貨商品，但我們有一雙眼睛，買支冰淇淋圍坐在金城和金都戲院外的噴水池邊，邊舔著冰涼的雪糕，邊看著高高掛在戲院上方的大海報上的俊男美女，發著明星夢，說一些老師校長的壞話，就足以讓我們快樂無比。

後來圖書館在街的另一邊出現了，我們很快便移情。一來是年紀漸長，上了中三好像就要開始非常努力，為來臨的中四會考做準備。放學後向右走的終極目標變得只有圖書館一處。浩瀚的書海把我們的信心填得滿滿的，認定只要多浸泡在這個環境裡考試必能萬無一失。這種「優良習慣」在學校假期裡繼續發酵，死守著館內的同一張桌子和椅子，把它們佔為己有，那裡仿似另一個家。

年幼和少年期就是這樣拼命繞著街的周邊在轉。放學後跑到同學家裡偷偷玩碟仙，玩到走火入魔幾乎鬼上身；陽曆七月跟著媽媽搬著矮凳去追街戲，吃著各樣的零食，相信著往戲台底下鑽就會和「好兄弟」窄路相逢；期盼著每個星期五的夜市把街擺長，看不盡的各類貨品，人便「富有」起來。當然逛夜市最神聖的任務就是喝一杯五分錢的「燕窩水」，太叫人心滿意足了。節日前夕監獄裡的歡聲雷動，羨慕住在高牆小窗口裡的犯人也不全然寂寞。

然後街就逐漸變老，隨著我們逐漸長大。長大的我們更不會去計較街的長短，因為不在意，我們只在意外面的美麗世界，覺得自己住的街很寒磣。慢慢的，大家悄無聲息地走了，走的時候

也沒有跟街說一聲再見，好像肯定了此生不再回來。街從此患上憂鬱，越顯落寞。生病的街需要醫治，發現的人說。於是大部分舊的建築被剷除，騰出了一塊塊空地，很快新的建築物便出現，像在草地裡萌芽。

幾年前接獲消息，那個空置了二十幾多年的舊校舍終於要拆卸。趕在拆卸之前回去望望，我選擇了一個臨近傍晚的時段再度上街。同樣以從前的家為中心點（雖然組屋早已不在，但遺留在舊停車場的幾級台階猶存，雖已斑駁，但卻還是舊相識），向左走了很久一段，終於來到舊校舍門口，生鏽的鐵鍊把校門重重困綁，黃昏前最後的一束光剛好打在殘破的舊校舍樓上。我知道光很快會滅去，昭示著它們的消失。

我回身向右走，路途中陪感寂寞，相熟的景物都不見了，好像來到一個陌生地方。在這個時候街突然變長起來，不懂要走到什麼時候才能走完。直到那一大片一大片光從圖書館的不同角落竄出來，灑落在無人的街，我的心頭才湧起一股興奮的感覺，彷彿某些失去的東西又回來。

站在圖書館的入口處，自動開啟的玻璃門送出來一陣涼涼的冷意，我，聞到了，一股熟悉的書香。

→ 二〇一一年・女皇鎮圖書館。（照片：艾禹提供）

註釋

¹ 麗的呼聲（Rediffusion）：新加坡早期受歡迎的有線廣播電台服務，其中廣播劇、講古的環節是一代新加坡人重要的集體記憶。

² 李大傻和王道：是麗的呼聲電台裡，廣播劇和講古環節廣受新加坡聽眾歡迎的講古人、播音人；李大傻使用廣東話，而王道使用福建話（閩南語）。

³ 巴剎（Pasar）：馬來文音譯，指菜市場。超市裡的小市場是「乾巴剎」，而一般沒有冷氣的社區／鄰里巴剎為「濕巴剎」。

桃花不再 | 蔡欣洵

　　同事從泛島快速公路[1]轉入勿洛蓄水池路（Bedok　Reservoir Road）後，就有點不確定了。我們跟著左顧右盼，指指點點，到了路的盡頭，右轉，轉入淡濱尼一道（Tampines Avenue 1，以下簡稱「一道」）。還真的是路的盡頭──後來通車的淡濱尼十道（Tampines Avenue 10）當時還沒建成。

　　新校舍剛剛蓋頂不久，我們到辦公樓去勘察，確認辦公室的裝修設計。幾個女生戴著工地安全帽，跨過一堆堆的建築材料，想象著不久的將來這裡如何可以作育英才。那時，我住在島國西部，學院即將從中區的臨時校舍搬到東部，我心裡嘀咕，到時要花多長的時間通勤。

　　我常常覺得，「一道」這條路是為著我們建的。淡濱尼一道是一條筆直的大路，處於勿洛（Bedok）和淡濱尼（Tampines）邊緣，也將校園和對面的組屋區隔開來。來往各兩條車道，左邊組屋區屬於執政黨的集選區，過了馬路就歸屬反對黨了。即便如此，對於我們卻也沒有多大的影響。

　　翌年，我們從不同的臨時校舍搬入全新的校園。校園佔地扁長，前面對著整條街，後面對著整個勿洛蓄水池（Bedok Reservoir）。剛剛搬進去不久，有天下午在食堂遇見同事，他說：「走，我們看風景去」。於是我們從後門走出去，看見下午

五點的太陽，不是熱辣凶狠的日正當中、不是漸漸退熱留戀的晚霞，而是那正好在人生最熟成、最溫暖穩重的時刻，輕輕地灑在水面上，沒有囂張跋扈，不驚動什麼，這樣的波光粼粼，溫柔的浮動著。

那時，面對著蓄水池一角建有一小座的涼亭，當時的創校院長說，那叫「靜室」（The Quiet Room），特別建來讓人靜思的。後來我常常藉故經過靜室，經過下午五點的波光，借一絲的微風。

因為這樣的風景，建築師在校園的中心建造了一個大「窗口」，「一道」另一邊的組屋，開窗還是可以看見對面的蓄水池，沒有因為建了一所學校就剝奪了原來居民的自然景色。校園是英國著名的建築師詹姆斯斯特林爵士（Sir James Stirling）所設計的。他的設計以人為本作考量，非常喜歡讓設計與環境相輔相成。所以校園裡的走廊特別多、天花板特別高，熱帶的風雨常常把人淋濕。

大「窗口」下有道「橋」，在通風口正中。國慶期間，橋兩邊插滿旗幟，經過橋的時候，看見右邊的蓄水池，左邊的組屋，風把旗幟吹得噗噗噗的，頭髮被吹得遮住了眼睛，遮不住熾熱的感覺。

融入環境的設計卻也不是說說就可以的。「一道」的組屋居民向來住在淡濱尼的邊緣，習慣了寧靜的生活。忽然整萬名師生「進駐」鄰里，自然有不少的騷動。剛開始時，我們常常接到居民的投訴，「學生在組屋底層閒晃、抽煙、行為不檢點……」，

於是我們安排了保安、職員沿著一道巡視，規勸學生。

我們都不喜歡改變。過慣了平靜的生活以後，忽然要和一大群人分享環境，需要很大的包容。無奈的是，改變是無可避免的。我們處在一個回不去的城市。於是我們要經過一段長時間的磨合，互相尋找合適的相處模式；或者說，在一段新的關係中慢慢讓自己找到一個舒適的立足點。

在淡濱尼一道的兩邊，學院和居民也漸漸地接受了彼此的存在。或許也因為看到了好處吧。

在「一道」川行的巴士服務增多了，次數也更頻密 —— 剛剛搬進去的時候，淡濱尼一道並沒有巴士川行。我從西部到東部上班，最遲六時三刻就要出門，以趕得上八點半上班。搭地鐵東西線到淡濱尼站，然後在巴士轉換站搭巴士到八十一街（Tampines Street 81），在麥當勞處下車，走十分鐘的路，才到一道，還要走過行人天橋才到校園。那時，一道的車流量不多，很容易就會超速駕駛。學生也常常棄行人天橋不用而亂過馬路，險象環生。

直到有天，我和同事剛剛吃過午飯正走回辦公室。一道另一邊傳來一陣碰撞聲，同行的同事飛奔過去。過了好一陣，救護車、警車來到。在民防部隊當後備人員的同事回來，襯衫、雙手沾滿鮮血，微微顫抖著說，不行了，血從他的雙耳流出來，不行了。眼淚不受控制地流下。

那是一名騎摩多車的年輕人。

後來，一道的車速限制減少到時速六十公里，中間的分界堤

→ 雨後的淡濱尼一道。（照片：蔡欣洵提供）

裝上長長的欄桿。有一段時間，常常會看到交通警察在行人天橋或路邊架起錄影機抓違規超速的車輛，然後到學校的食堂裡吃飯。

同一條路走了太久，也乏善可陳。我偶爾搭後來開始川行一道的六九號、一五號、或五一八號巴士，經過這條筆直的大路，竟也無動於衷。並不知道原來變化悄悄地出現。比如，校園正門對面一大片的空地、那許多年輕人踢足球的地方，建起了新的組屋。現在，輪到他們通過大窗口看蓄水池的日落。校園大門口原本的設計有一道草坡，裝置了一大座雕塑。雕塑是一本打開的書本，彩色的書頁飄揚著，在澄藍的天空下，馬蹄鐵型的主建築在後面襯托著。後來，草坡被鏟平，雕塑讓位給新的小交通圈，中間種了一棵樹。校園裡也逐年增添了幾棟大樓，師生的人數增加了，附近的居民會到校園裡吃飯喝茶打太極。而路的盡頭，原本荒蕪的地段，陸陸續續建了許多公寓。

我們常常就這樣過了日子。和身邊的人的關係很快就變成了習慣。於是我們漸漸看不見許多的細節，因為我們以為就是那樣了。只是，我們每天都在改變。一點一點的，先是白髮忽然出現，然後更容易腰疼背痛；一天，忽然發現身邊那個人喜歡的東西不一樣了；又或者看見家裡那一面白色的牆，在陽光照射下竟然變成一大片的褐色，處處都是疲憊。

就好像我天天走的淡濱尼一道。一天抬頭仔細看去，原來分界堤上一整排的樹苗都長成了粗壯的大樹，樹皮被長年累月的交通排氣熏成厚厚的黑色；校園門口那幾棵熱帶櫻花開滿了、又落

了一地，如下了一場花雨……

　　或者我們偶爾也必須抬頭深呼吸，環視這每天的日常。然後審視和身邊的人、環境的關係，調整自己的角度。淡濱尼一道的景色一直在改變，一如我人生的道路。我們都必須和這個世界一起成長，因為如果不，我們會和身邊的人與事漸行漸遠。我們的旅途會變成懷舊照片的棕褐色，然後我們會孤單，會遺忘在過去。

　　只是，我還是非常懷念當年的淡濱尼一道。那條沒有什麼人煙、在淡濱尼邊緣的路。懷念那時我們如何以一個開荒牛的憨勁，把淡濱尼一道當自己家的路，從東走到西；懷念那時我們甘榜²小孩似的熱切地給附近的居民辦活動；懷念我們的初心，如池面的波光粼粼。

　　校園的西門旁邊有個小門，通往一間小小的陶藝工作室。那是文化獎得主、著名陶藝家依斯甘達（Iskandar Jalil）的工作室。依斯甘達退休前在學院裡教了很多年的陶藝。偶爾，我去探望他，他看見我，會以一貫慵懶的表情，笑著問我，你還在這裡工作啊……

　　嗯，是的。我還在。這條路，也走了廿五年。桃花不再，人事已非。

註釋

1　泛島快速公路（Pan Island Expressway）：新加坡最早期發展，也是新加坡最長的高速公路，貫穿新加坡的東部和西部。

2　甘榜（Kampong）：馬來語音譯，指鄉村、農村。

我們 —— 致柏提路一帶的猴子與貓們 [1] | 歐筱佩

剛關閉左邊的雨
你的尾巴即挽住右邊的窗杆
像是神話裡的爆石　神的行者
Bagaikan disambar petir [2]
呆呆的我更像是
你走入來的一本書

毛毛雨的天　撩一撩讀不懂的風景
長廊矮牆上的你拱起紅屁股反駁著
地上炸毛的他，我擱一邊
拼湊成斜三角形的我們
我們共用同一條長廊　拋擲
各自的語言　各自的耳朵
各自的公民權

禮拜五的傍晚　人累得比較安詳
樹和樹　默唸最後一段 Maghrib [3]
你係馬騮 [4] 偶爾 Monyet [5]
我才是異鄉進化的石頭

他是 Kucing pekak [6] 也是一片草地
是我靜待著時光褪去
我的另一種生命

你們證明了明天的日子還有
迸生著大地的記憶與原型
沒有人可以消滅你們的存在
如城市不能夠消滅島
不能泯滅人的心

註釋

[1] 柏提路（Petir Road）

[2] Bagaikan disambar petir：馬來文指「像被閃電擊中」。

[3] Maghrib：馬來文指「昏禮」，穆斯林一天中的第四次禱告，時段是從日落「即太陽消失在地平」後，直至西方天邊的紅霞全消為止（剛好天黑）。

[4] 馬騮：粵語，指「猴子」。

[5] Monyet：馬來語指「猴子」。

[6] Kucing pekak：馬來語比喻為「老鼠的陷阱」或「捕鼠器」。

我住死人街 ｜ 林方偉

　　凌晨一點多，當德士轉進停車場，我才知道我住在「死人街」。

　　搬出來獨居的第一個月，我在報館加班過午夜都會搭德士回家。夜已深，為了少走一段小路，我都會叫司機從新橋路（New Bridge Road）轉進恭錫路（Keong Saik Road），駛過牛車水大廈後，拐進碩莪巷（Sago Lane）不顯眼的停車場，將我直接送到電梯間。

　　「哦，原來你住在死人街。」

　　我倒抽了一口冷氣，鎮靜地遞出車費。司機見我不語，找錢時補了一句：「這裡是棺材街。」還要用廣東話來強調，原汁原味老一輩人的口吻，彷彿這樣才更可信。

　　一股冷颼颼的寒意跟我進入電梯，升上十八樓，爬上我的後背，直到腦勺。

　　此前，我對碩莪巷一無所知。多年後才看到文物局在巷口立牌，解說這條街曾是牛車水的殯葬業中心，俗稱「死人街」。被司機「好心」告知的當晚，我第一時間就上網搜到碩莪巷的「黑史」。短短狹窄的一條街上有無數家紙紮店、殯儀館和壽板店，店屋一樓兼作殯儀館。五六〇年代，黑白模糊的照片裡，死人筆直地躺在長板上。一張紙片，棉被一樣長的紙片，從他的額頭鋪

蓋到腳踝。披麻戴孝的親屬在草蓆上跪坐著。香燭只屌弱地照亮室內一隅，裡頭還有更深不見底的黑。死人躺著的木板兩端有很矮的隔板，隔開左右兩張相同的木板。可想而知，在死亡「高峰期」，店屋裡會同時躺著三具死屍，三家素未謀面的親屬擁擠一室，哭聲此起彼落，融成震耳的哀曲。

一些殯儀館、壽板店樓上還另闢養病所，亦稱「大難館」，給病入膏肓的人租床位等死。網上看到的黑白照裡，穿著衫褲的女人披頭散髮地或坐或躺在鐵床上，養病所雖簡陋，但床與床之間至少還有一段人道的距離，讓她們臨終前還能有一點個人的空間。在別的照片中，另一些養病所的木床則是擠在一起的，床與床間隔著一片半矮的木板，人雖還剩一口氣，但卻跟樓下緊挨著的死屍無異了。

死人街跟我搬進的碩莪巷是截然不同的兩個世界。二十一樓高，碩莪巷大牌四號組屋建於一九七四年，碩莪巷一部分街道已改為步行街，對面是牛車水大廈，底層有濕巴剎[1]；一樓是用木板隔出的一間間小舖；二樓是早晚都熱鬧的小販中心；樓上是兩棟高聳的組屋。靠近橋南路的那段碩莪巷在我搬進來的前一年，二〇〇七年，蓋了改良式唐朝建築風的佛牙寺，對面的露天大停車場最近變成了麥士威（Maxwell）地鐵站。

今時今日的碩莪巷找不到一丁點檔案、舊報裡所記載的死人街，但我心裡頭還是一直感到毛毛的。緊張大導希區考克（Alfred Hitchcock）說過：「要瞬間改變人對一個空間的感覺，就跟他們說房間裡死過人。」自那一晚起，黑白的死人街在我腦

海裡疊印在彩色的碩莪巷上，兩個不同時空的鏡頭重疊，疊影之間露出了鬼故事的獸角。

某次搭前同事的順風車回家。她停在紅綠燈前，仰在方向盤上順著前方的珍珠坊仰望夜空說：「牛車水很『不乾淨』的。我有朋友在這看過魂魄在空中飛來飛去。不過你可能命硬，不用怕『他們』，『他們』反過來要怕你。」我一時間說不出話來。她這位朋友似乎病得不輕，這樣的瘋語也可以當真？

她的「不乾淨」當然不是指這地方老舊，藏污納垢。「他們」是誰？她這個朋友確定看到的是「他們」？如果真有「他們」，「他們」會對我怎樣？人以類聚，這位前同事也似乎有一點靈異體質。家在裝修時，我邀她上來看看，工友那天剛鋪了地磚，收工離開時關上了所有的窗戶。她在客廳逗留了片刻就走出屋外，在走廊欲言又止地說：「我進了你的家，頭很暈……」

當天門窗緊閉，空氣不流通，微塵瀰漫，這位前同事患有哮喘病，頭暈應該是下意識的反應，跟靈異感應有何干？我想起那位德士司機，這些人滿嘴神怪是出於一片好心，還是居心何在？

換做是今天的我，我會對這些好心人一笑置之，把他們自認是為我好的話一揮而去，不自掘墳墓鑽牛角尖。跟他們認真，就死路一條。可是那時的我很需要祝福和信心，碩莪巷是真正屬於我的第一個「家」，它像徵我人生自主的新一章，我需要相信我的選擇是對的。

我對這個家一見傾心。踏入社會以後，我一直夢想三十五歲時在市區買一套房，搬出來自住，在三十五歲之前的半年就開始

物色房子。來碩莪巷看房的那個傍晚，出了電梯，走在十八樓的長廊上時，我的眼界豁然開朗，前方無遮擋，牛車水華燈初上，眼下是水車路（Kreta Ayer Road）、恭錫路和武吉巴梳（Bukit Pasoh）櫛次鱗比的橙色店屋屋頂，遠眺是五十樓高的達士嶺組屋（Pinnacle@Duxton）。為了每天都能看到這讓人怦然心動的市景，我當晚立刻付了定金。

然而被死人街的陰影遮眼後，我卻變成了羅曼・波蘭斯基（Roman Polanski）心理恐怖片《失嬰記》（Rosemary's Baby）和《怪房客》（The Tenant）裡神經兮兮的新屋主。他們不也是新居入夥時喜不自勝？日子久了，詭異、邪惡的細節慢慢浮出水面，他們才驚覺已深困蜘蛛網中。

獨居了一年多，屋裡許多難以解釋的事件常讓我精神緊繃。白天、夜裡，家裡大門和臥室門有時突然震動起來，像有人要破門而入。屏著呼吸靜候，原來只是十幾層高樓猛烈的過堂風，吹過後又恢復平靜。地上偶爾會踩到女人長至腰部的長髮。洗衣、晾衣間地板會找到女人肉色內衣的鐵扣布塊，問鐘點幫傭是她在做完家務後更衣時掉下的嗎？她疑惑地搖頭，而且她的頭髮只及肩，沒這麼長。唯一合理的解釋是：它們從樓上、屋外吹進屋裡的。

某晚，又是晾衣的怪事。我把一件薄棉的 Paul Smith 白衣在窗邊晾著，第二天卻不翼而飛了，連竹竿上的衣架都一起消失得無影無蹤，其他的衣物則紋風不動。跟台灣好友聊起，她說：「以後不要晚上晾衣。」我明知故問：「為什麼呢？」她笑說：

→ 二○二二年，碩莪巷組屋一隅。（照片：林方偉提供）

「免得有『人』看了喜歡，取了去呀。」我正想說這個家只有我，哪來別人，前同事說的「他們」就忽地湧入腦海。我搖搖頭，不是的，十幾樓的過堂風真的太兇猛，把它吹走了。

沒有鬼神包袱的美國好友在電話上對我說：「偉，你經歷的是『悔購』（Buyer's Remorse）。不要折磨自己了。如果真的不適合就賣掉另找吧。」

快兩年了還揮不走死人街的陰影，這一切算是懊悔，還是自找的神經病？

我將浴缸放滿水，躺了進去，讓水淹到頸上，心想：這兩年的鑽牛角尖，就是不甘心懊悔，就是要克服悔意。把死人街的種種在心裡來回咀嚼，不過是試圖找一個念頭、一個觀點、一種方式跟我街的過去和解，共處。可是死腦筋兜兜轉轉不出來，反把自己逼入了死巷，這樣下去會不會就要成了《簡愛》裡被囚在閣樓，瘋女十八年的羅徹斯特太太，還是被父親關進小黑屋的張愛玲；「等我放出來的時候已經不是我了」？

手拂過水面的聲音令人奇異地安寧，我清楚記得那時內心的獨白：

這口浴缸像死人街的棺材。我何嘗不像養病所裡的女人在棺材店樓上躺著等死？終有一天會到來的死亡，就像威廉・福克納（William Faulkner）那篇小說的名字《我正躺著死去》（As I Lay Dying）。

就是這個轉念。我在找的就是這把像鑰匙的念頭，咔嚓一轉，重門慢慢推開，陽光透過縫隙照了進來。黑白照片裡，大難

館、養病所裡的女人們有了膚色，有了血色，呆滯的眼睛有了意義。

死人街有什麼好怕、有什麼可怖？大難館不就是我們今日熟悉的臨終安養院（hospice）嗎？在那個艱苦的時代，沒有一個讓人安心的醫療系統可依靠，唯有靠街坊、同鄉。民間辦的養病所雖簡陋，但卻是讓孤苦無依的人安心地、有尊嚴地走完此生的終站。

那個年頭的牛車水，南來的同鄉擠在一間房。有人不幸患上絕症，不知道醫不醫得好，也不知付不付得起醫療費，長久的病痛會拖累同房室友，在合租的小房內死去會讓同伴不舒服，給活人帶來晦氣。

在這麼多的不確定之中，唯一確定的是死亡。

再怎麼拖拉，最終都要死的。

養病所讓她們為自己決定：離開活人的世界，搬到這裡，是在死亡的邊界等候，時候到了，閘門開了，她們就可以跨過去了。

她們早已習慣沒有隱私的存在，即使在養病所睡的是鋪上草蓆的木板床或鐵床，床與床之間只隔著一塊板，但在她們朝不保夕的人生裡，這個確定至少是她們給自己安排和爭取來的。

更多的陽光透過縫隙灑進來，穿透整個暗處，照亮以前看不見的角落。

死人街當然也有活著的確幸。

晚上，前來弔唁的朋友、親屬在街上開台打麻將，中氣十足

的碰、胡聲響徹死人街，給逝者最後的陪伴，徹夜通明。死人街角有露天小販，開到凌晨，專做守夜弔唁者的生意，打牌累了，叫碗熱湯麵、魷魚粥，感懷人生在世，一碗暖心暖胃的宵夜能給予的確幸。

白天，換遊客來了。死人街異色的氛圍讓這裡成了上世紀五六〇年代新加坡的黑暗觀光勝地，吸引大批外國旅客湧來獵奇，連 BBC（British Broadcasting Corporation，英國廣播公司）也拉隊來拍攝旅遊紀錄片，剪成《Whicker's World - Six Films of Six Places: Singapore》，一九五九年四月十一日在英國首播。然而對於牛車水的街坊，碩莪巷卻不是鬼氣森森的生死場。

死人街也住著活人。他們大多與殯葬業無關，卻已習以為常地與棺材店、養病所比鄰，生與死只隔了一面石灰牆，或腳下咯咯作響的木地板。

窮孩子在樓梯間玩自己發明的遊戲和玩具，彼此重述著在五腳基租書店站著翻過的公仔書[2]裡的傳奇古仔[3]。夜裡聽到的鬼故事嚇得他們緊挨著母親，躲在被下，可是第二天太陽升起又忘得一干二淨。

隔壁的養病所，樓下的殯儀館，有人兩腳一伸；樓上有家庭主婦從窗口伸出五彩繽紛的晾衣竹竿，順便望了望樓下舉起相機東拍西拍的獵奇老外遊客，對屋裡說：「有乜好睇嘅？」（廣東話：有什麼好看的？）

原來是這樣的。這才是死人街。曾經如此鮮活的一條街。

這裡有凋零，也有生机。

一九七〇年代，部分碩莪巷拆遷，據老街坊說，拆掉的是沒有棺材店和養病所的部分，建了大牌四號組屋。其餘的死人街在一九八三年開始拆除，拆得一點都不剩，不管多努力地去尋找，都再也找不回一絲一點死人街的踪跡了。

　　這座城市淘汰的浪濤衝來得太急太猛，人還回不過神，熟悉的街道、店屋和街上的生態就消失無踪，跟死亡一樣叫人措手不及。

　　於是，死人街成了牛車水傳說裡的一縷陰魂。這座城市的前塵往事打了幾個死結，解不開就變成了鬼故事。鬼故事存在的必要是因為可觸碰的東西不在了，召回魂魄，透過口傳（即便是以訛傳訛），讓它們的記憶鬼魂般縈繞、糾纏著人的思緒。而所謂的鬧鬼只不過是集體的神經病。

　　死人街若真有鬼魂，他們也回不來了。這裡變得他們都認不出來了。碩莪巷組屋樓下已換成水族店、植物店、藥材店、洗衣店和蜿蜒的中式庭園。他們帶著心碎，匆匆路過，不會停留。

　　我跨出浴缸，身上的水滴滴答答落在黑色暗啞的地磚時，我想起杜拉斯《廣島之戀》的一段台詞：「瘋癲就像智力，你懂得，但無法去解釋。它湧入，注滿你之後，你就會明白瘋狂是怎麼一回事。當它離開後，你又無法解釋什麼是瘋癲。」

　　有一天，我會把死人街的故事寫出來，但不會是個鬼故事。

→ 二〇二二年，碩莪巷大牌4號組屋樓下。（照片：林方偉提供）

註釋

[1] 巴剎（Pasar）：馬來文音譯，指菜市場。超市裡的小市場是「乾巴剎」，而一般沒有冷氣的社區／鄰里巴剎為「濕巴剎」。

[2] 公仔書：廣東話，指小漫畫書、連環圖，上世紀五六〇年代窮孩子的娛樂讀物，精神糧食。

[3] 古仔：廣東口語，指故事。

難忘死人街 ｜ 何志良

　　如果你出生在七〇年代的新加坡，童年大概離不開雨後春筍般築起的組屋區[1]，以及所剩無幾的甘榜[2]……你的童年生活，可能充滿童趣，也可能無縫接軌大自然……而我，因為母親的關係，從小和牛車水有著不解之緣……

　　幼稚園時，母親每天總會匆匆來接我下課，然後又忙忙地趕著「落大坡做工」。以前聽著長輩們口中的「大坡小坡」[3]，都是有聽沒有懂。我的童年，總是上上落落這些壓根兒名不副實的大山坡、小山坡。

　　每回上了如今已經很少見到的「黃頂黑德士」[4]，母親總會平淡地吐出讓人毛骨悚然的目的地——「死人街」。其實，所謂「死人街」，就是「碩莪巷」（Sago Lane）。如今大家熟悉的牛車水裡的著名地標「佛牙寺」就在這條巷上。很難想像那麼「神聖莊嚴」的一個景點所在，竟然有個曾經那麼晦氣的名字。

　　印象最深的，是每回媽媽說完「死人街」之後，我就常常在德士後座，任由母親擺布脫下校服，光著屁股在車裡換上居家衣服。畢竟隔天還要上學，總不能弄髒校服。偶爾還要面對停在紅綠燈前，來自其他車輛的司機或乘客的側目，這樣的童年片段，說起來也是童年陰影。

　　在我記憶中，一到目的地下車，撲鼻而來的永遠是一陣無以

名狀，濃濃的海水鹹味。抬頭一看，就可以見到騎樓柱子上刻著「三興」兩個大字，窄窄的騎樓永遠擺著一堆堆看起來一點都不開胃，乾巴巴的海味。我永遠不明白這些奇形怪狀的乾貨，又臭又醜，憑什麼叫做山珍海味。母親走過，總會推著我進去店裡跟老闆，也就是我姨丈打招呼。我總得屏著呼吸，大大聲地叫姨丈，然後又快步跑出來，生怕待多半晌，都會窒息在這海洋味道當中，然後就任由我母親拉著我往騎樓內走去。

來到騎樓邊，就是窄窄暗暗的樓梯口。電燈當年還是稀缺貨，順著不見天日的樓梯口走上去，好像進入什麼「迷離境界」似的。上到樓上，一間間用木板隔開的小房間，裡頭住著不少的租客，常常傳來各種各樣的聲音：收音機裡的廣播聲；忽大忽小的午睡鼾聲；偶爾讓人毛骨悚然的嘆息聲，伴隨著聲音的永遠是空氣中飄盪的莫名霉味。

其中一個租客是我母親的乾娘，我叫她「阿梁婆婆」。母親每天開工之前，都會來看看這位乾娘，有時還帶點吃的，從不間斷。模糊記得「阿梁婆婆」長得和藹可親，整天把我和妹妹抱到木榻上噓寒問暖。她是個自梳女，年輕時從順德來到新加坡當紅頭巾[5]，辛苦了大半輩子，孑然一身。我母親小時候，和她特別投緣，所以就認了當乾女兒。就在「阿梁婆婆」百年後，母親幫她簡單地辦了身後事，在「碧山亭」[6]置了個靈位。時至今日，每年清明、盂蘭節，還是會給她上柱清香。

那輩子飄洋過海下南洋的華人就是這樣，為了家鄉親人的生計，離鄉別井到異鄉掙錢。但是，到了異鄉，卻落地不生根，既

不想成為無主孤魂，又想有個親人幫自己擔幡買水[7]，往往就用這樣「上契」[8]的方式，來安頓自己無處安放的餘生。

之後，我們就回到樓下的騎樓繼續往前走。期間總會經過一張小台子，台子上擺了文房四寶，牆上貼著一張張的揮春、對聯什麼的，然後永遠有個皺著眉頭的老頭戴著比他的臉還大的厚重眼鏡，躬著身子拿著毛筆在認真地寫著字。看著牆上一筆一畫的濃墨透著嗆鼻，卻讓人上頭的臭味。很多年之後，我才知道那老頭的職業就是寫信佬[9]，筆下寫的不是字，而是濃得化不開的鄉愁。不知道從幾時開始，寫信佬很久都沒出現，後來連小台子小凳子也不見了，只剩下牆上那斑駁褪色的紅紙揮春……再後來，有心人把這些無名寫信佬的身影畫成精緻的壁畫，流落在老區建築的牆上，成了一道道現代網紅刷存在感的打卡風景。

再往死人街裡走去，開始人潮多起來，街道兩旁都是小攤檔，這裡就是牛車水大廈巴剎的前身，真正的「牛車水巴剎」。而母親總拉著我來到舅父的檔口打招呼。舅父是賣野味的，人稱「無牙狗」，對於這個外號那麼江湖，又長得一臉凶神惡煞的舅父，我向來都有點懼怕，因為總聽外婆說他年輕時是混私會黨的，還曾經犯過事坐了幾年牢，出來後，就「改邪歸正」開了個檔口維生。對於舅父，我一直有著無限的想像。

雖然長得生人勿近，但是舅父總是親切地抱著我，去他檔口前「參觀」。檔口前擺滿了一個個大大小小的鐵絲網籠和大水桶。網籠和水桶裡的「展品」時不時都會更換。有時，鐵籠裡可能是條懶洋洋的大蟒蛇；水桶裡或者有隻大烏龜（後來才知道，

那叫山瑞）；還偶爾倒吊著幾尾發臭的蝙蝠；甚至看似威猛卻老是蜷縮一角的穿山甲；幸運的話還會有人見人愛的小兔子或果子狸。每當我和妹妹看到毛茸茸的小兔子，總會嚷著要舅父拿出來給我餵，取些不知所云的名字後，什麼紅蘿蔔、菜葉的，就往兔子嘴裡塞。可以說，我人生中參觀的第一個動物園，就是這小小的檔口。但是，不知道為什麼，這些小動物總是「養不熟」，不久後，都會時不時逃走消失。當然，很多年後，我們才知道這些可可愛愛的小動物，其實都是別人口中「美味可口」的野味。更詭異的是我小時候，也曾經在不知情下吃吃喝喝不少這些無辜的「寵物」，說起來還真是黑色幽默。

　　說了那麼多，似乎還沒說到母親「做工」的地方。其實，母親從小不愛讀書，外婆在我耳邊叨唸了很多年，在母親中一時，幫她報讀了當時一所很不錯叫做「養正」[10]的學校，花錢買了校服、買了書，但是母親卻在沒幾個月後不爭氣地退了學。因為這件事，外婆念叨了大半輩子還怨氣未消，和母親的關係從此就再也沒有好過。打那時開始，母親很年輕就出來工作，曾在五月花酒樓推點心車、在中峇魯鐵皮巴剎賣著名的水粿，而在牛車水這段日子裡，就是在紙紮鋪裡黏紙紮。

　　這條街除了一個個檔口，就是騎樓裡的店鋪。這條街上的店鋪大多都是棺材店、香燭店、紙紮店……顧名思義都是做「死人」生意的。當然，這些店會聚集在這裡，是因為這些殯儀店，以前都稱「大難館」，大難臨頭，自然就是死亡。牛車水是南來華人移民的聚集區，許多低下層的移民在重病客死異鄉前，就是

在這些大難館樓上的養病所度過人生的最後一刻。也因此，這條街就漸漸形成了一條龍的殯儀企業鏈。

而我母親就是在這「企業鏈」其中的一家紙紮店內「做工」，工作性質很簡單，就是黏紙紮。在店裡，有幾個師傅專門負責把一根根的竹條從無到有，又拗又折做成框架，變成什麼大洋房、大飛機、大房車。然後，就由我母親這類黏紙紮的工人，用各色各樣的花式紙張一一包裹著框架。而我這小鬼，就時不時屁顛屁顛地跟在母親後頭，遞漿糊、強力膠，偶爾還會順手幫忙黏個小窗口，小紙人甚麼的。可以說，當同齡小孩在玩積木時，這些紙紮就是我的「Lego」（樂高）。還有，我對貧富階級意識的啟蒙，就來自這紙紮店裡按比例一比一製作的紙紮「馬賽地」[11]，還有比馬賽地還大的紙紮「新航」[12]飛機，母親說買得起這些燒給先人的都是有錢人，生前有錢，死了當然也不能隨便……

讓我最為著迷的紙紮品，其實還是那一個個千人一面的童男童女。一個個等身高的紅男綠女高高在上的擺掛在那裡，把那些花紋紙張貼上褲子衣服，到最後再把大頭插上，讓這些童男童女「活過來」的一剎那，真有一種扭曲的療癒感。最諷刺的是，這些日以繼夜黏成的豪華住宅、交通工具、童男童女，到最後都是拿來燒成灰的。這種從無到有，再從有到無的「無用功」，真是華人傳統文化中「本來無一物，何處惹塵埃」的哲學裡最弔詭的體現。

在紙紮店不遠處，就是死人街裡最「知名」的殯葬館「郭文」。記得在小時候，某一次被母親拉到「郭文」店裡，繞著前

方還放著香煙裊繞的香爐的楠木棺材邊，又推又拉繞了好幾圈。據老人說，這樣繞一繞，小孩子的膽量會大一點。只知道好多年之後，時不時午夜夢迴，依稀還會夢到躺在棺材裡那張慘白的臉。不過，話說回來，自從那次繞棺材之後，長年累月在死人街的浸淫下，膽子倒是大到和街頭巷尾的小孩玩捉迷藏，瘋到躲進空棺裡也不以為然。相比之下，被母親發現之後，拿著紙紮竹條追整條街鞭得像斑馬的下場，大概還更可怕一些。

除了在「死人」產業中長大，印像中，同一條騎樓下，還有不少有聲有色有味道的店鋪。依稀記得在棺材鋪不遠處，就是一家舊式的理髮店，是我最愛的去處。在母親忙得不可開交的時候，自己最愛往理髮店裡鑽，倒不是為了剪頭髮，而是為了店裡角落桌子上那一疊疊的《老夫子》、《小流氓》、《迷離境界》等香港漫畫。每次趁人多，理髮店老闆沒空搭理我們，就會溜進去，坐在角落頭把所有漫畫免費看個遍。可以說，這些漫畫都是我後來學習華文的良好養分和基礎。

還有，就是結尾轉角處一攤「媽媽檔」[13]，檔口上的泡泡糖、還有零食永遠在誘惑著我們這些小鬼。但是我們又哪來的錢去享受這些「奢侈品」。檔主阿 Nair 看到我們，都會把我們當成偷零食的小鬼，對我們大呼小叫。記得有一次，看到我們嘴饞到不行的樣子，居然「好死」給了我們幾個小鬼一支金黃色包裝的檸檬糖。以至於今天，看到這些古早味檸檬糖，嘴裡似乎還溢著熟悉的幸福味道。

除了甜甜的童年味道，還有隔條街那家該死的涼茶舖，賣什

→ 一九六二年．碩莪巷。（照片：新加坡國家檔案館提供）

麼生魚野葛菜、尖尾峯涼茶,每當有什麼熱氣、傷風、感冒,總得被母親壓著繞過去吞下一、兩碗顏色黑得詭異的涼茶燉湯。當時噁心到反芻的味道,今天倒成了味蕾再也找不回的記憶。

最讓我難忘的,還有一家木屐店。街頭巷尾的街坊穿的木屐都在這家店裡買。我最愛就是蹲在店外頭,看老闆把一張張紅紅黃黃的塑膠片,有節奏地敲釘在木屐上,然後掛在架子上,儼如一道又一道的彩虹,煞是好看。至今,耳際還時不時會懷念舅父踩著木屐從二樓處下來,踩踏在窄窄的木階梯上,「咯、咯、咯咯咯」的親切節奏,時不時在我耳際裡縈繞著。

這條街上,不只有我的童年回憶,也充滿我童年對於親情的戲劇性回憶。外婆當初嫁給我從未見過的外公,一直無所出,因此才領養了我母親。我外公一家人一直將我母親視為己出。但沒多久,外公就因病去世。我外婆後來就改嫁,離開了一直生活的牛車水。在當時保守觀念下,大家都認定我外婆應該守一輩子活寡,所以外婆的改嫁可說是離經叛道。那時起,我外婆和「前」外公全家老死不相往來。但是,我母親卻始終和他們保持著密切的關係,也因此讓我和牛車水結下不解之緣。甚至可以說,當時死人街街頭巷尾都是親戚。一直到母親把我托給外婆照顧,我才終於「離開」了牛車水。

而這條我記憶中「死人街」,也因為上一代各種恩怨情仇,成了外婆嘴裡一條恨了一輩子的「死人街」。

註釋

1 泛指新加坡建屋局所建造的公共房屋。

2 甘榜（Kampong）：馬來語音譯，指鄉村、農村。

3 「大坡」指橋南路（South Bridge Road）一帶；「小坡」指橋北路（North Bridge Road）一帶。

4 新加坡一家計程車公司，其計程車設計為黃頂黑身，常見於新加坡；於二○○七年停止使用。另，新加坡將計程車，從 Taxi 音譯為「德士」。

5 紅頭巾：俗稱「三水婆」，指上世紀二○年代初期，主要來自廣東省三水縣（現佛山市三水區）的年輕婦女迫於生計，背井離鄉南下新加坡工作。她們在各大小建築工地扛磚頭水泥，以吃苦耐勞著稱。新加坡早期重要地標，例如高等法院、亞歷山大醫院、南洋大學、新加坡大會堂，還有五○年代屬全東南亞最高的亞洲保險大廈，以至七○年代的文華大酒店，皆有過紅頭巾的汗水。

6 碧山亭：全名「廣惠肇碧山亭」，成立於一八七○年，是來自中國廣東省廣州府、惠州府、肇慶府三屬的墳山組織，也是現今新加坡僅存的最大墳山管理組織；同時，保留了許多新加坡開埠以來的歷史資料和文物及大型藝術裝飾品，其中能容納十萬骨灰埕。

7 擔幡買水：廣東話，泛指家人包辦後事。華人治喪時的一個儀式，由死者的至親於喪禮中負責。「擔幡」則指出殯當日孝子手執一棍，棍端綁有白色布條隨風飛揚，謂之幡，告知喪事之用；一謂由死者的長子嫡孫提著，代表引領亡靈昇天，所以又叫引魂幡。「買水」即「買天水」，是指大殮之日，孝子手執一缽沿街痛哭，行至有埠頭的地方即拿小錢扔入河中，然後用缽裝水，回家為於遺體旁上下擦三次以潔淨亡靈。

8 上契：廣東話，指結拜、結義。

9 寫信佬：新加坡早期中國南來的華人移民多為勞動階級，因此不識字。寫信佬提供書寫信件的服務，為當時的勞動階級寫信保平安等。除此之外，逢年過節、紅白喜事時，也為不同的場合書寫布條、斗方等。

10 養正：指新加坡「養正學校」（一九○五至一九八七），由廣惠肇三府的

華人主辦的華文小學。養正學校在一九八八年後歸新加坡教育部管理，易名為養正小學。

11 馬賽地：新加坡 Mercedes-Benz 的翻譯，其他地區又譯「奔馳」或「賓士」。

12 新航：指新加坡航空公司（Singapore Airlines，英文縮寫為 SIA）。

13 媽媽檔：又譯媽媽店。「媽媽」音譯自淡米爾語的「mamak」，新馬一帶用語，多指具有馬來和印度風味的小食肆。

沿著老路來回走 | 潘正鐳

──那是我的盒巴巴耶禮峇
　時下正名巴耶利峇上段

我沿著老路來回走驚訝她髮絲茂密而且
把衣裳裁剪得加大碼不斷回播四十五轉唱碟

紅毛丹園亞答屋移平一把吉打逃出活口[1]
跛腳阿曼夥伴們彈唱的貓王披頭士[2]
未及燒紅的青澀去復去返復返
如今猶見鳩占的洋房珠黃如明星掛曆

馬標餅乾飄香萬山汽水甜言蜜語
火龍鑽進經脈。街燈在窗外激情
敞開大門廠房大堂內
一台黑白電視慷慨
街童聲光編織天體

街童老矣，老路不老
駐顏有術飛鳥今日昨日般啾鳴

三十年代的建築立面眼皮頑抗低垂
理髮店紅藍白三色筒
旋動旋動印度師傅剃短我的頭髮再把
左顧右盼我的脖子扭得嘎嘎響

向南走，回頭向北走
天知曉我曾是熒幕上的受驚草蛇
天知曉我此刻是留聲機上的跳針
警察宿舍露天電影嘉年華英雄煙散雲霄
南舜別墅四海燈心正添香永續鄉情夕照

法華禪寺隱修隱修大馬路邊的法華禪寺
向世間向時間始終露出不苟言笑的眉頭

　　瓜子、釀醬油的大曬場
　　鼻息，掛一縷幽魂
　　一隻黃狗抬起右腿
　　牠在幹嘛？

<hr>

▌**附記**：Upper Paya Lebar Road，舊譯盒巴巴耶禮峇路，現譯為巴耶利峇路上段。從其路頭與實龍崗路上段交界處南下至我童年居家的海南甘榜，長約兩公里。左道沿路一排老店屋猶在，曾設有馬標（李生園）餅乾廠，萬山汽水廠。黑白電視時代，餅乾廠入晚敞開大門，讓鄰里街童看節目；北向毗鄰的兩棟南洋浮腳樓別墅，一曾為瓜果、醬油廠，另一南舜別墅，則為宗親組

→ 新加坡南順同宗會。（照片：符志修提供）

織，皆因馬路擴建縮小園地，時代建築倖存，默默見證這路段的前世今生。

邁入八十週年的法華禪寺外設圍牆，隔絕車馬喧，寺廟半露頭額，泥砌之「法華寺」三字，如僧眉一道，靜觀世態之變與不變。

註釋

[1] 亞答屋：五六○年代以前，當組屋（泛指新加坡建屋發展局所建造的公共房屋）還未成為新加坡居民普遍居住的公共住屋時，亞答屋相當盛行。亞答屋，顧名思義，就是使用亞答葉為屋子的建構材料，一般鋪蓋在屋頂上。這也是馬來語「atap」的意思。亞答屋流行於新馬印等地，也是新加坡各種族，包括華族、馬來族、印族的居民都普遍居住的住屋。亞答屋是鄉村生活的一大特色。到了七八○年代，亞答屋的數量已大量減少，如今它也走入了歷史。

[2] 阿曼：馬來族同胞的名字，Ahmad 的音譯。

海格路 —— 龍潭虎穴中的桃花園 ｜ 黃文傑

　　東向如切（Joo Chiat）娘惹舊厝、南朝東海岸（East Coast）美景、西對加東（Katong）寶地及芽籠小天堂、北面向著芽籠士乃（Geylang Serai）馬來村，環顧四周，不同時期、文化、國籍等的融合，海格路（Haig Road）就窩在其中，算是最典型的多元文化融合聚點。

　　此處不被美食養肥或夜生活騷擾，基本上是高難度的挑戰。這也許是我的「報應」，成日呼籲外來移民應融入本地文化，但在這裡，卻不時得面對著各種異地文化的衝擊與震撼 —— 先別談及加東、如切等私人大豪宅，單是我居住的那一棟組屋，有不少單位就是租或賣給外地人的，有越南、大陸、印度、泰國、菲律賓人等等。新加坡作為文化的「大熔爐」，或許本來就無法避免與外界的人事物頻密接觸，且不論好壞，往往已經成為了新加坡的重要特色。

　　有時談及「融入」一詞，不免是「政治誇張」，也是「冠冕堂皇」的，住在這裡的外籍人士、新移民等，多半都是為著自己的「家鄉」奮鬥拼搏，回到住處時早已疲憊不堪，要是我，也肯定是「閉門謝客」，更何況「語言」（即便是「英文」，也腔調不同）本身各異，溝通起來也多有不便。因此，往往都是大家自顧自地生活，誰也不會打擾誰，反而是本土的「老住戶」會好奇

地打聽這探問那，好像很期待哪天會有「新劇情」發展，供大家茶餘飯後，有新鮮事可以侃。能理解的是，這些老住戶都是上了年紀的「建國一代」[1]，他們的孩子大多已遷出這個「老區」，多少有點寂寥，所謂的「安寧」有時對他們來說也挺磨人的。

既然提及「安寧」，這裡的晝日有時還真的是靜得可怕，尤其是如切向加東那幾段路，和（疫情前）的夜間相比，那燈紅酒綠且夜夜笙歌的反差甚大。兩邊的排屋（Terraced Housing）住戶，相信也見證了不少的「人間紛擾」，夜深的喧鬧對他們來說，或許早已是小兒科。排屋屋頂上的一片瓦，就覆蓋和多少少年時的故事與塵埃，月光精靈鬧夠時，烈日的輻射就準備來掃街，日復一日地讓歲月在擾攘喧囂後回歸沉默。

白天時，要是工作不太忙，我便喜歡漫無目的地從海格路出發探索，從不抱著任何目的或希望得出什麼結論——完全就是悠閒漫步，從街頭到街尾，用心去感受歷史的心曠神怡與時代變遷，當作是一種自己的「精神瑜伽」。偶有嘴饞時，不妨駐足環顧，眼球稍轉，必然能覓得佳餚獻祭五臟廟。

近年來，不少人開始批評新加坡的「古早味」開始變質，有的指責成本因素，有的則是說現代人少了一顆「古早心」——沒有古早心，哪裡來味？我一向鍾情於如切與德明路（Dunman Road）交叉處的咖啡店，以及德明小販中心底層的雲吞麵，每每回新加坡時，必然光顧與流連。談及麵食，加東叻沙（Laksa）也不能錯過！先不理是哪間是「正宗」，從食客的角度而言，應該算是各有千秋，也會有自己偏愛的口味，但重點

是吃得開心，選擇要不要鮮蚶也純屬個人自由；除非是混在米暹（Mee Siam）裡，那就真的是不倫不類了。

　　我自然不是什麼美食老饕，對於「美味」與否，真的是個人偏好，但對我來說，對我更有吸引力的是「家」的本土風味。為何異鄉人吃到家鄉菜會流淚，在暹羅（泰國）五年的我，可謂是感觸頗深。將心比心，則能明白當如切和加東出現越來越多「異鄉菜」（相對於新加坡而言）時，不應將其理解為「入侵」，反之是「援助」，是援助與慰藉在我國離鄉背井，失落的靈魂。

　　至於芽籠士乃的馬來村，印像中走幾步都有好吃的，馬來隆冬（Longtong）、印度煎餅（Roti Prata）、咖哩魚頭、剪刀剪咖哩飯、馬來菜飯、沙爹、燒烤等——但如今想來，不知會有多少檔口被這突如其來的長命新冠疫情給收去，又或者因飛漲的租金和成本被迫退役——真的是「沒人懂，還可以問神」了。

　　若是地方而言，我並不認為「海格路」有非常顯著的特點，它就是新加坡城市化後，樸實、平凡的住宅區——但它卻是龍潭虎穴內的「中樞」。打工的回來了，如切買醉後回來了，加東吃飽後回來了，芽籠走街回來了，悲歡喜樂各自收拾，無需交代。若這是江湖，這裡算不算是光明頂？

註釋

1 建國一代（Pioneer Generation）：新加坡官方定義為，陽曆一九四九年十二月三十一日前出生，即新加坡獨立那一年，一九六五年時為十六歲的國人。

「登百靈坊」 | 楊薇薇 (譯者：汪來昇、鍾雁齡)

　　我停下腳步望了一望，大桶鍋裡的黃水翻騰沸煮，不斷吐著熱氣。雲吞佬站在蒸霧迷濛的玻璃板後，筷子熟練地將漏勺中的黃麵條，拉散鬆掰。儘管很多熟食中心內都能找到雲吞麵攤，但這股獨特的氣味並非日常。那天，在明地迷亞熟食中心[1]，久違了近卅年的香氣撲麵而來。那是我和童年記憶裡熟悉的味道，不期而遇。

　　外嫲婆的如切舊店屋附近有兩家賣雲吞麵的攤位。一家就在我們這條街的轉角處。依稀記得老闆娘不時手捧鐵托盤，為我們遞送乾撈麵和雲吞湯的情景。他們的「對手」是附近咖啡店的另一家雲吞麵攤，攤主天生長著一頭紅髮，外加一臉洋裡洋氣，所以大家都習慣叫他「紅毛」[2]。

　　雲吞和麵條分別在滾湯中翻轉和拋甩，這兩個攤位，成就了我人生當中的雲吞麵「初體驗」。

　　到了八〇年代，如切冒出了第三家雲吞麵攤，它也很快就成為了爸爸經常光顧的宵夜熱站。和「紅毛」一樣，這家雲吞麵至今仍擁有大票死忠粉絲。早期，雲吞麵攤只在晚上營業，因此每當爸爸「雲吞麵癮」發作，兩個弟弟和我乾脆連睡衣都不換，就急忙衝上爸爸的車子，呼嘯出門覓食。不到五分鐘時間，我們就已經如同「夜遊餓鬼」般，和其他饕客一樣在爆滿的咖啡店內找

位子。一家人把這家雲吞麵喚做「拍尻川麵」（閩：「打屁股麵」）。也記不太清楚，是我媽還是弟弟取的綽號了。綽號靈感大概來自瘦癟年邁的雲吞佬，那十年如一日同款吊嘎白背心搭配寬鬆短褲的裝扮，外加他滑稽的招牌煮麵動作。

這攤雲吞麵的另一大特點便是他們的「要湯」儀式。客人若想喝湯，就必須先把麵吃完，然後帶著空碗找「拍尻川」去「要湯」。這樣一個「要湯」過程令我又期待又緊張。湯頭美味無比，拌勻著碗內殘餘的辣椒及豬油，讓人回味無窮。不過，我一向挺畏懼「拍尻川」因為他總是不苟言笑，專注地煮著麵，我經常提心吊膽，深怕上前「要湯」會使他分心。

攤位招牌用疊字命名，大概是形容麵條在漏勺裡燙煮時飛甩的姿態，又或是意味著麵條好吃到讓飽足的客人飄飄然飛起。和爸爸一樣，我對這家雲吞麵情有獨鍾，甚至自己移居到島國西部之後，仍不時回到這裡大快朵頤。

❀

受邀寫一篇關於街道的散文時，我的腦子立刻閃現「登百靈坊」（Tembeling Place），不過當我上網搜索谷歌時才驚覺，根本不存在這樣一個地方！原來自己這些年來一直搞錯。這條街的正確名稱其實是「如切台」（Joo Chiat Terrace）。或許因為它臨近「登百靈路」（Tembeling Road）和「登百靈巷」（Tembeling Lane），我才會混淆記憶。其實，我太喜

歡這英文詞「Tembeling」（搖晃）的發音了。它讓我聯想到「Trembling」（顫抖）和「Tumbling」（翻滾）。誰在翻滾？何事顫抖？其實，它們並不帶任何負面情緒。「Tumbling」是溫柔的玩轉，不是危險的撲跌。「Trembling」也絲毫不讓人恐懼，反而是一種對熟悉事物的情感認證後，最自然的情緒反射。

老家店屋賣掉幾年後，重返「如切台」，我看到店屋大門掛了十字架，還有寫著「福祿壽」的牌匾。新屋主彷彿在確保自己能同時得到西方「救贖」和東方「好運」的雙重庇護與保障。老家當年也有一副牌匾，兩個大字出自母校第二任校長兼本地著名書法家陳人浩（一九〇八至一九七六年）之手。老家店屋賣掉之後，牌匾也不知所踪。

那次回去，在街上久久凝視著店屋，頓時覺得那房子已經變得好陌生。即使是同一棟建築物，但它已經不是童年記憶中的老家。當年所熟識的「登百靈坊」已遍尋不獲。打電話給我媽，想問問關於老家店屋的事，她提到自己十二歲時，如切那一帶曾經發生的一場火災。那場大火從艾弗烈路（Everitt Road）蔓延至如切台。她的外公要她趕緊收拾細軟，而我媽卻只拿了她的書包。正當大家準備逃命時，突然有人高喊，說火勢被老家後的神廟擋了下來。老家後巷有一堵厚實的圍牆，牆的後方就是一間華人廟宇。

我媽說：「大火就是沒有燒到那座廟，加上廟宇的厚牆阻隔了火勢，老家才得以倖免。」

接著，她笑嘻嘻說：「你不是最愛吃你外婆做的胡椒豬肚湯

嗎？她開煮之前，都先拿生豬肚在廟宇牆上刷上幾回才下鍋！」

記憶中，那堵圍牆上經常爬滿壁虎，因此每次在後巷裡玩耍時，總會下意識對它「避而遠之」。

※

從前，如切就等同於加東（Katong），是彼此的代名詞。「加東」這個名詞，首次出現在一八一九年，萊佛士爵士[3]（Sir Thomas Stamford Bingley Raffles）二度來訪新加坡時與在地首領簽下的協議書 —— 協議書裡標明，加東歸屬英國殖民地管轄。一八二三年，英國人在加東開闢了新加坡東區的首片椰林。椰林由新加坡第一位「居民」威廉·法誇爾（William Farquhar）的女婿法蘭斯西·伯納德（Francis Bernard）所創立。

整個如切區就是一大片椰樹種植園，屬聯邦英屬區域（Confederate Estate）。和二十世紀該地區其他新鋪設的道路般雷同，「如切台」便是以福建籍種植業頭家「周如切」（Chew Joo Chiat）命名。周如切當年主要憑著椰子、甘蜜（Gambier 或俗稱「檳榔膏」）和其他農作物等，以貿易生意發跡致富。周先生（約一八七〇至一九二六年）出生於廈門禾山。他從赫赫有名的李特（Little，也意指「小」）家族手中買下了聯邦英屬區域。「小小」李特家族，在當時的英屬殖民小島，其影響力卻一點都不能小覷。

羅伯特·李特醫生（Dr Robert Little）於一八四〇年從愛丁堡

遠渡到英屬新加坡，並在一八四八年擔任新加坡的第一位法醫。他擁有種植園，是醫學期刊作家，也是長老會中舉足輕重的宗教領袖，是當時社區裡德高望重的重量級人物。一八四四年「新加坡圖書館」開創之始，李特醫生也是元老董事之一。一八七四年，他創建了萊佛士博物館與圖書館。另外，李特醫生的兄弟約翰馬丁與馬修斯，接手了叔叔的生意，並在一八五二年創立了新加坡第一家百貨公司——約翰‧李特（John Little）公司。

周如切先生的外孫李茂源（Mr Lee Beow Guan）談及這段歷史時曾透露，當年英殖民政府曾欲收購外公的土地鋪設新路，但卻被周先生拒絕了，但卻願意「妥協」讓英殖民政府在他擁有的土地上建設道路。後來，英殖民政府便將道路命名「如切路」作為補償。

一本於二〇〇一年出版的書中，追溯並記載了二〇年代以周先生命名的多條道路。不過，我懷疑「如切台」早在那之前就已經存在了，因當時的有軌電車就穿行於「如切樟宜巴剎」（Joo Chiat-Changi Market，即如切大廈現址）和丹戎巴葛（Tanjong Pagar）之間，而這電車早在一九〇五年就已行駛通車。如切和樟宜分別出現兩座巴剎，足以證明當年這兩個地區人口眾多——如切巴剎主要滿足華人居民日常所需，樟宜巴剎則為馬來居民而設。

在如切，具傳統甘榜特色的鋅頂屋以及外嬸婆的轉型老店屋，同時並存。外嬸婆當年的住所就是二十世紀初最早期的轉型店屋經典標本。現在，人們還能在如切附近的坤成路（Koon

Seng　Road），找到兩排較後期建造，裝飾卻更為華麗精緻的受保留老房子。

　　我媽告訴我，如切大廈（Joo Chiat Complex）停車場入口，就是當年如切巴剎入口處舊址。小學時期每週必吃的「勿洛魚丸冬粉」，在還沒搬去勿洛小販中心（Bedok Food Centre）之前也是在這個入口處開檔起家。曾祖母、外婆或著外嬸婆上完巴剎[4]後常帶我去這個推車檔口吃魚丸冬粉，可惜我完全沒有印象。反而是坐落在如切台和如切路交界處的粿汁攤，讓我非常難忘。[5]記得童年的週末或假期，我們常回去如切老家探訪外嬸婆。是吃了早餐才去她家。我們一家五口坐在搖晃不安的椅子上享用「粿汁早餐」。來往車輛從身邊呼咻飛馳而過，我們只自顧自津津有味地吃著一桌美味的滷水內臟、粉嫩麵粿，當然少不了煮得十分入味的髒綠色「菜尾」（閩：指「燜鹹菜」）。

　　問我媽粿汁攤的近況，她回說：「小時候家裡窮，我們只吃得起粿和豆卜。」後來路邊攤販被迫搬遷，粿汁攤就轉到德明路小販中心（Dunman Road Food Centre）繼續營業。不久，老攤主因身體欠佳，生意由女兒接手。我三十幾歲的時候，粿汁攤輾轉搬到了勿洛，父母親當時也逐漸「東遷」。其實，我相信就算粿汁攤搬到偏僻的義順北部，父母親還是會繼續光顧。我還彷彿聽見我媽在我耳邊說：「怎麼可能？誰會捨得離開東部？」

　　記憶當中，和曾祖母從如切巴剎一起返家途中，必經一條昏暗的小巷子。沿著巷子，是一條更窄小的溝渠。小巷子路上坑坑洞洞凹凸不平，常年濕漉漉，路上偶爾零星點綴著小水窪，在

昏黃街燈映照下，閃爍一種深不見底的錯覺。選擇這條回家的捷徑，除了省時，還為了這裡的蝦麵及炸油條推車檔口。每回經過小巷，我都默默期待曾祖母會在檔口前停駐，順便「打包」些美食回家。油條佬熟練地將小麵團拉長、對折、碾壓，封合再利落地將它們「滑」進沸滾的金黃色熱油鍋中——我總是眼怔怔，目不轉睛地看著。

雲吞麵、粿汁、炸油條等美食，現在仍可以在新加坡各大小販中心裡找到，但它們卻無法讓我聯想到「登百靈坊」。直到那天，在明地迷亞熟食中心，熟悉的香氣和滋味，才又再次將我傳送回到童年熟悉的場景。這次的偶遇，讓我心存感激，因為它讓我終於體會到，「登百靈坊」因我而誕生，為我而存在。

「登百靈坊」這個地方並不在新加坡的地圖坐標上，但對我而言它卻是無比真實、鮮活和重要。如同家人，如同對家的歸屬感。它讓我深切體會，家不僅僅是個居所。它包含了更多。雖然在新加坡與國外我都有其他喜愛的街道與地方，如劍橋（Cambridge）的 「埃爾蒂斯利路」（Eltisley Avenue）、 約克（York）的「肉舖街」（The Shambles）等，但「登百靈坊」卻是我意識覺醒後的第一條街道，是童年時光最貼心的記憶藍圖。看著它，除了溫柔，還有包容。

......

註釋

[1] 明地迷亞熟食中心（Bendemeer Food Centre）。

[2] 紅毛：新加坡福建話／閩南語，泛指洋人或白種人；同台語「阿啄仔」。

[3] 萊佛士：全名托馬斯·斯坦福·萊佛士爵士（Sir Thomas Stamford Bingley

......

→ 保有傳統風格前院的坤成路店屋。（照片：符志修提供）

Raffles，一七八一至一八二六年），萊佛士也譯作「來福士」。是英國殖民時期重要的政治家。常被譽為新加坡海港城市的創建者（一八一九年），英國遠東殖民帝國的奠基人之一。他的主要貢獻包括把新加坡建立為歐洲與亞洲之間的國際港口。

4 巴剎（Pasar）：馬來語音譯，指菜市場。超市裡的小市場是「乾巴剎」，而一般沒有冷氣的社區／鄰里巴剎為「濕巴剎」。

5 粿汁：粿汁是一道起源於中國廣東潮汕地區大眾化的傳統民間小食，在新加坡也獲得非常廣泛的喜愛。傳統來說，米粉、麵粉、薯粉等經過加工製成的食品，都稱為「粿」。而「汁」指滷汁，再點些鹵豬腸、滷肉、滷蛋、豆干或菜尾等，就是粿汁了。

GOODMAN ROAD 與富有詩意的「月眠路」 | 李氣虹

在新加坡本島別墅區加東（Katong），有一條 Goodman Road。

查閱《新加坡街道指南》的華文譯名，這條路並未直接音譯為「古德曼路」，或字面直譯為「好人路」，而被賦予一個夢幻詩意的名字——月眠路。

新加坡受英國殖民統治一百四十四年（除了一九四二至一九四五年被日本佔領），早期的城市規劃習慣以英國城鎮或移民社群的祖籍國國名和地名，或曾對本地政治、經濟、社會領域有重大影響的人士命名。Goodman Road 就是在英殖民地時期一位大法官 Gerald Aubrey Goodman（一八六二至一九二一年）去世的一個月後，以他命名。

新加坡房地產劃分為二十八個郵區，而加東和月眠路屬於第十五郵區，是獅城高級住宅區之一，豪宅林立。然而，整條月眠路最核心、最有代表性的地標建築群，則是東南亞聞名、極富歷史色彩、校園獨一無二的傳統華文中學——中正中學（總校）。

中正中學於一九三九年創辦，是繼華僑中學之後，新加坡華人社會創辦的第二所完整的華文中學。早年發起人當中有親中國國民黨人士，認為以領導中國對日抗戰的最高領袖蔣介石[1]的學名——「中正」為校名，最有號召力，可以提高學校的聲望。

獲蔣同意後，「中正中學」的名字便確定下來。

第一屆董事會由香港富商胡文虎任董事長、林謀盛（即今日新加坡歷史教科書記載、死於日佔時期的抗日英雄）任監理，聘請廣州中山大學教授莊竹林博士為創校校長，最初租賃金炎路（Kim Yam Road）六〇號為校址。莊校長羅致了十八名畢業於中、美、日、法著名大學的專才任教，這個師資陣容打破了歷來各所華校的記錄。

莊竹林主張東西思想及傳統文化兼容並蓄，以有教無類、因材施教為教育宗旨，反對把政黨色彩帶入學校。親國民黨董事因他不聽指示，一九四〇年向重慶告狀[2]，誣指莊竹林親共、中正中學是共產黨巢穴，要求下令中正停辦。莊校長召開師生大會討論對策，與會者認為「中正」乃指「不偏不倚，無過無不及」之意，不是蔣介石專有的名字。最後議決堅持中文校名，英文校名由「Chiang Kai-shek High School」改成「Chung Cheng High School」，從此與蔣中正脫離關係，以不偏不倚立場辦學。

戰後由於學生人數激增，金炎路校舍已不敷使用。一九四七年，董事會在月眠路購得一幅十四英畝的地皮為永久校產，在此設立「總校」；金炎路校舍改立「分校」。

那 Goodman Road 的華文路名，從何時開始譯成「月眠路」呢？

筆者曾向本地文史研究工作者林恩和先生請教，他認為「月眠路」應該源自中國方言對「Goodman Road」的發音。據一九六七至一九七四年中正總校校長邱新民查證，早期董事會名單

中多數為閩南籍或潮籍人士，而閩南語和潮語發音相近，「月眠路」有可能由此而來。邱校長在《莊竹林博士傳》（一九八九年）曾提到，「月眠路」是由中正中學所取名，具體出自何人妙筆，則無從考證。興許是中秋皎月當空，圓月映照湖中，譯者從「月眠湖底」的意境中得到靈感。

中正校園之所以獨特，因校內有一面積約六英畝的湖泊。據邱新民研究，中正湖是芽籠河（Geylang River）流域乃至全新加坡唯一擁有容受湖（tolerant lake）和海跡湖（sea-track lake）兩種特質的湖泊。湖水有調節氣溫的功用，當地面達攝氏三十三度，湖水最深處只有攝氏二十八度，因此早上在教室內上課感到涼爽，中午及下午上課不覺悶熱。不過早期大潮時海水淹入，或遇傾盆大雨，周圍浸水也淹入湖內，校園內頓成澤國，全校師生或脫鞋放入塑料袋拿著、打赤腳，或穿長筒膠靴涉水上課，是幾代校友的共同記憶。因為淹水之虞，今天月眠路周圍的豪宅大多墊高而建，防雨水淹入。

中正湖曾在一九六八和一九九八年校園兩次發展計畫中，因應校舍修建需要，或填或挖，面積相對縮小。然而跨越大半個世紀，中正湖畔涼風習習、蕉風椰雨的熱帶情調；湖面如鏡，微波舒展，宛如弄皺了的紗布，偶而蜻蜓點水，漣漪圈圈。倚坐湖邊，尋找文藝創作靈感的中正師生，自然文思泉湧，成為孕育許多藝文人才的搖籃。

湖是中正中學靈魂之無形所在，而外觀雄偉的大禮堂（一九九九年後改為行政大樓，並命名「竹林樓」）和校門牌坊，則是

中正中學精神象徵的有形符號。

　　一九五〇年代中期，中正總、分校學生人數超過五千人，單是總校初中一就開辦近三十班，比當時一些中學的學生總數還多。莊竹林校長抱著「有教無類，所過者化」的精神，有意將中正發展成為「萬人中學」。當年既有傲視東南亞華校的師生人數規模，又有享譽獅城文藝界的合唱團和戲劇研究會，卻苦於沒有合適的演出舞台。

　　從一九五五年起，總、分校學生開始通過捐獻、公演籌集興建大禮堂基金；一九六四年和一九六五年更利用中正湖景色兩度舉辦園遊會，曾吸引超過十萬名各族人士前去參觀。經過多位董事慷慨捐贈、歷屆師生辛苦捐獻，終於建成佔地兩千七百八十七平方米、總面積五千五百七十四平方米的大禮堂暨科學館。大禮堂依照劇場規格設有兩千六百六十五個座位，可放映教育電影、舉辦音樂會、戲劇演出，還可以作為乒乓、羽球比賽的室內體育館。這座集表演、藏書、教學試驗、運動等多功能於一體的標誌性建築物，一九六八年落成，由時任新加坡總理李光耀主持開幕典禮。

　　據建築研究學者陳煜考證，中正大禮堂同座落在禧街（Hill Street）的新加坡中華總商會會所、前南洋大學行政樓（今日南洋理工大學華裔館），以及位於新加坡河畔的林謀盛烈士紀念碑，同屬於二十世紀初中國「民族傳統復興式」的建築風格，即以大坡屋頂覆蓋鋼筋混凝土的主體建築上。其中，中正大禮堂、校門牌坊和中華總商會會所的建築設計出自中正校友、建築師何

→ 中正中學（總校）正門牌坊。（照片：符志修提供）

明煌的手筆。中正大禮堂的主體為三層，中央部分為五層，採用對稱設計。外觀簡潔素雅，僅在屋檐處飾以花紋，中央高起的雙重檐歇山頂，覆蓋著藍綠色琉璃瓦。大禮堂兩側的琉璃瓦外廊、禮堂的疏散口、牆身線腳的轉折起止，設計都相當用心。

從遠處望去，大禮堂的整體外觀氣勢，體現出了校歌意境：「曰吾中正，至大至剛，矗立星洲，巍巍昂昂。」筆者記得以前週末上午參加課外活動，華樂團在大禮堂四層練習吹奏，笛聲悠揚，遠近飄送，與中式建築外觀互為表裡，散發著濃郁的中華文化韻味。後來聽鳳飛飛唱《聞笛》：「誰家吹笛畫樓中，斷續聲隨斷續風……曲罷不知人在否，餘音嘹亮尚飄空」，腦海中就浮現這樣的意境。

從校門牌坊通往中正大禮堂（竹林樓）的路程，象徵學生通往高等教育和美好未來的路徑。二〇一四年，竹林樓和中正牌坊獲國家文物局列為受保留的國家古蹟，文物局古跡與遺址保存司司長黃美英說：「把中正行政樓和牌坊列為國家古蹟，提醒我們建國先驅所做出的無私貢獻，他們都支持為新加坡下一代推廣教育的偉大願景。」

地靈人傑，中正中學人才輩出，傑出校友遍佈政、商、文藝、新聞界，多不勝舉。其中一位是曾擔任新加坡建屋發展局和城市重建局局長的國際著名城市規劃大師、被譽為「新加坡規劃之父」的劉太格，他是「花園城市」和「居者有其屋」理念的重要推手，對今日新加坡人享有舒適的居住環境影響深遠。劉太格也曾擔任國家藝術理事會主席，二〇一一年藝理會遷入位於月眠

路的月眠藝術中心（Goodman Arts Centre），這裡有多個單位供藝術家或藝術團體租用，成為一處創意迸發、人文薈萃的綠洲。

一九五〇年代，中正學生幾次組織反對英殖民政府政策的學潮，月眠路曾出現警察和學生對峙衝突的場面。這樣的歷史背景，形成了中正校友關心國家社會命運、投身參與政治發展的另一傳統，不論是執政黨或反對黨陣營，都有中正校友的身影。其中曾長期擔任工人黨秘書長的劉程強，率領該黨發展成為新加坡第一大反對黨，為新加坡政治民主化發展貢獻卓著。

撫今追昔，Goodman Road 曾是新加坡的一條英雄之路，月眠路更是一條重要的文藝萌芽之路。

註釋

1 蔣中正，原名瑞元，學名志清、中正，字介石。
2 一九三九至四〇年，中國對日抗戰時期，國民黨政府退守內陸，以重慶為「陪都」（臨時首都）。

長長 | 伍政瑋

那年，長形的紅色瓦磚屋簷
長凳平行排列，我們面對面
排排坐，吃果果，你一個，我一個
長長的 goreng pisang 一塊錢 [1]
長長的人龍，穿梭自如的賣飲料阿姨，捧著托盤
問我 order 水了沒 [2]

長形的紅色瓦磚屋簷
長凳平行排列，　　　面對面
排排坐，影子　　　一個　　　一個
長長的不捨，價值不只一塊錢
長大了　　　穿梭時空的燉湯阿婆，捧著一碗一碗回憶
試問　贖回童年否

▍**附記：**致湯申路（Thomson Road）二○一四年結束營業的 Longhouse 熟食中心的童年回憶。之後，那片地被賣給發展商，已發展成商場以及高級公寓。

→ 俯瞰 Longhouse 熟食中心。

（照片：Kua Chee Siong / Longhouse food centre in Upper Thomson Road, Singapore on 28 March 2014. The site had been sold and the centre's last day of operations was on 20 April 2014. / Singapore Press Holdings Media Limited）

....

註釋

[1] Goreng Pisang：馬來文直譯，指炸香蕉，是東南亞一帶的當地小吃，通常在一整條香蕉塗上一層麵糊，然後放進熱油炸成內軟外酥的小吃。

[2] Order 水：新加坡英文和華文夾雜的口語，指（用餐者）點飲料。熟食中心的攤位多是自助服務，飲料攤常會請清理桌椅的員工來招客，并把飲料送到餐桌上，而他們常常會問用餐者「要不要order 水？」。

....

我的「童工」年代　|　洪均榮

　　自我有記憶以來，我就記得外婆和外公的舊家是一間店屋。第一層永遠燈光不明，只看得到一道微光從裡頭照到鐵柵門的縫隙間。即便如此，任何人從店屋的門口經過時，都能在朦朧的微光中看到店屋裡頭的佛龕。除了擺放幾尊佛像，旁邊還有一些水果和供品，佛像的前方還有一個香爐插著許多燒完的香腳。微光便是從佛龕的天頂和左右兩側的佛燈照至鐵柵門的縫隙間。

　　我當時一直不明白為何母親總在家裡嘮叨我們要省電、省水，但外公可以廿四小時都開著燈光。後來聽母親和舅舅們說，外公以前是個狠角色，平時要是甘榜[1]宗族之間有紛爭，他都是直接抄起傢伙出去「刀鋒論事」的。一直到晚年步入佛門後，暴烈的性格才有所收斂——因此，每個月因佛燈而稍增的水電費換來的平靜，是值得的。

　　外公和外婆還養了兩隻「守護神」：一隻全白的薩摩耶犬和一隻棕、黑、灰色參雜的迷你雪納瑞。每當有客人到訪，他們就會以能喚醒整條街的聲量向外公外婆「通報」。即便母親和我是親人也不例外。我們每次去拜訪外公外婆時，都不必按門鈴，等狗吠聲持續幾秒後，就會看到一樓的燈開始亮起來，過後就是外婆和小姨從樓梯口下來，開門讓我們進屋。

　　外婆住在甘榜格南（Kampong Glam）一帶的克萊街（Clyde

Street）。現在這條街道已被拆除，與其最相近且被保留下來的街道還有峇厘巷（Bali Lane）。但是這一區比較聞名的街道應該就是與其並行的亞拉街（Arab Street），因為早期是萊佛士 [2] 安排給阿拉伯人居住和經營生意的社區，所以以其族群命名。他們當時在這一區經營各自的生意，無論是賣香料、宋谷帽 [3] 或纺织品。後來到了我母親成長的年代，這一區的生意和民族開始多元化，有更多不同種族的人入住，也開始有其他生意如飲食和服裝業在那裡經營起來。再後來，當人們都開始紛紛搬進組屋時，它被有關當局包裝成現今的「潮人之地」（hipster place），也是旅客會去光顧、喝酒和抽水煙（未遭禁之前）的地方。

母親一家人於此生活多年。他們是客家人，經營的生意也剛好是客家人的五大行業之一：服裝與裁縫業。而我的舅舅和阿姨們從小就必須在家裡幫忙。每逢學校假期，外公就會帶一批「兵衣」回來。母親和阿姨們負責將鈕扣縫上，而舅舅們負責將縫好的衣服疊好，用繩子綁起來。接著把它從三樓店屋的窗口，丟到停在一樓的貨車後方。外公則在一樓的貨車後方，將疊好的衣服整理好後再把它送去軍營。

當母親和我敘述這些記憶時，我單純地以為她只是和我分享一些往事。後來我才發覺，這些所謂的童年故事，都是為了我以後必須肩負的重任而做的「心理建設」。

外公和外婆後來決定搬離克萊街，將「製衣廠」從一個富有歷史的街道，搬到千篇一律的貝列菲路（Playfair Road）。這裡的建築幾乎千篇一律，顏色、格式和高度都幾乎一樣，唯有建築入口處掛著的商標和招牌可以讓訪客辨識不同的建築。每次跟著母親到這裡「上班」，不免有種迷惘與迷失之感。但母親似乎沒有這個問題，她總是可以準確地從車站走到任何一間辦公樓。在那個沒有谷歌地圖和沒有手機的年代，我一直覺得母親能在阡陌劃一的建築群中找到我們的工廠是一件非常了不起的事情。

　　當年我剛上小學，每一天的行程無非就是早晨被母親帶到學校去上課，下午被母親接到工廠裡「幫手」。那年我若下午才去上學，早晨就必須跟著母親去「上班」，下午再被她送去上課。[4]但最令我期待的並不是去工廠裡「幫手」，而是能吃到母親準備的飯菜。母親會在上班前準備一些簡單的飯菜帶去工廠，而我最喜歡她準備的蒸蛋和清炒菜心。簡簡單單的兩道菜配上一碗米飯，就能讓我食指大動，幸福滿足。每天早上看到母親在準備這些菜時，我都會特別留意當天的時間。到了下午十二點，就會提醒母親該「吃飯」了。

　　我對我的「工作範圍」毫無回憶，但是據母親的闡述，我當時負責的工作比較簡單，就是把折好的衣服放進塑膠膜裡，然後封口，就算大功造成了。偶爾有顧客上門，就去「會客」，和他們簡單打招呼後，再跑去裡頭喊母親或外婆。工作了一段時間後，就會開始覺得累，母親就會拉出一些紙皮鋪在地上，我就會自然而然地躺上去睡覺。所有的一切都是這麼的自然，而畢竟母

親也是從小就在工廠裡長大的，她的母親也是在工廠裡生活的，我只是加入了這個工廠的新一名「員工」。

除了母親的飯菜，我最期待學校假期的來臨。畢竟，弟弟和我的上課時間就像「天照」和「月讀」[5]的交替。他那年若上早班，我就上午班。到了明年換我上早班時，他則中午才上學。唯獨到了學校假期時期，我們才會隨著母親一早到工廠報到。說是到工廠「幫手」，但是我和弟弟，總是在母親不注意時搗亂。還記得一次，我們因為太喜歡收音機「快進」時播出的滑稽音效，而一直重複玩弄按鈕，直到卡帶真的「卡」帶，再也無法撥放音樂來。後來母親得知那是她的偶像鳳飛飛的卡帶時，把我和弟弟狠狠地修理了一頓。

轉眼間，我考完了 PSLE[6]，準備上中學。母親告知我，往後再也不必到工廠裡「幫手」了。或許，她覺得我已經長大了，不再需要人照看，又或許是覺得中學生的課業繁重，不想我分心。無論如何，十三歲那年，我告別了母親的蒸蛋和清炒菜心，也告別了我的「童工」年代。

註釋

[1] 甘榜（Kampong）：馬來語音譯，指鄉村、農村。

[2] 萊佛士：全名托馬斯·斯坦福·萊佛士爵士（Sir Thomas Stamford Bingley Raffles，一七八一至一八二六年），萊佛士也譯作「來福士」。是英國殖民時期重要的政治家。常被譽為新加坡海港城市的創建者（一八一九年），英

國遠東殖民帝國的奠基人之一。他的主要貢獻包括把新加坡建立為歐洲與亞洲之間的國際港口。

[3] 宋谷帽（Songkok）：馬來語音譯，是一種東南亞一帶穆斯林在正式場合經常佩戴的男用帽子。宋谷帽的形狀是圓筒狀，顏色以黑色為主。

[4] 新加坡九〇年代以前，中小學的學生眾多，所以很多學校採取早午兩半制。例如小一、小三和小五讀早班，而小二、小四和小六讀下午班。

[5] 日本神話裡的太陽和月亮之神。

[6] PSLE（Primary School Leaving Examination）：指「小學離校考試」，是新加坡小學六年級學生離校前的正式考試。

欖核中的黃埔 ｜ 周昭亮

人人都稱呼我為「李伯」。今天，女兒帶我回來新加坡的黃埔。

幾十年前我從香港乘坐大輪船到新加坡，船長跟我說新加坡是一個像一粒「飛機欖」[1]的小島，廣東人都住在牛車水。這樣，我就在俗稱「大坡」的牛車水一間雜貨店工作，勝在晚上可以在舖頭睡覺。

應該是廿五歲那年的中秋節。是的，你知道，現在我的記性不好 —— 新加坡人很喜歡來牛車水買月餅，所以我就在隔壁的餅舖打臨時工，而她，也是來打臨時工。雖然身形嬌小，她倒是靈活手快，總是面帶笑容把一盒盒月餅遞到客人手上。

後來，我只記得結婚後，很快就有了這唯一的女兒。那時新加坡獨立了，政府決定把我們叫做「甘榜」[2]的簡陋平房村莊拆掉，到處建成十層或十六層的組合房屋，以津貼形式售賣給人民。我們就被分配到「黃埔」—— 它就在這個像欖核型島國的中心的小鎮，被兩條極度繁忙的公路（中央快速公路和泛島快速公路）[3]和馬里士他路（Balestier　Road）包圍起來。聽說，「黃埔」是紀念一位十九世紀來自廣州黃埔的生意人「胡亞基」，他精通中文英文，別人都暱稱他為「黃埔」。我們的組屋房間不太大，有兩個睡房，算是有瓦遮頭，有廁所廚房和自來水，女兒就

在附近的小學上課。聽說二次大戰後，很多地區國家都是這樣重新開始。

「爸，來坐一下，不要走開，我去買嘢呀。」[4]女兒千叮萬囑道：「若你再走失，未必能像之前這麼幸運，可以成功找回你。」這個女兒就是這麼囉嗦，有咖啡，我又怎會走開？她就這樣匆匆走開，而這個非常著名的黃埔小販中心，卻從來沒有一點點慢慢的變動。它仍然在這個黃埔小區的中心，被所有組屋包圍，方便那些老人家從十層或十六層的舊組屋拿着拐杖緩緩走來吃一盤雞飯。前面的一大片露天停車場，繼續方便那些德士司機或貨車司機停下來，安樂地吃一頓午飯。

「爸，你要吃點什麼嗎？從前你很喜歡這裡的炒福建麵，我買給你吧？」女兒拿着咖啡剛回來道。「我自己就很掛念那檔鴨飯攤的鴨湯麵加大腸……」說着，女兒纖瘦的身影已經轉身走開。

蘸上一點叁峇辣醬，夾一口鮮蝦和炒麵，舌頭上一份又油又辣的刺激——怎麼旁邊的女兒突然變成一個小女孩，大口大口地吃着麵？似乎我們剛從大牌九七號匆匆走過來，我說要獎勵女兒吃鴨麵，因為她在小學會考得到不錯的成績。我們住的組屋大牌九七號，就剛剛在一條貫穿島國南北的大公路的旁邊，整天吵吵的，而且越來越塞車，聽說因為很多白領要到市區工作，但人口越來越多，他們惟有住在北部的地區，而黃埔竟然隨著時日，變成了市區的黃金地段。這個小區，夾在諾維娜（Novena）和大巴窰（Toa　Payoh）之間，所以他在兩個地鐵站的中間，不三

不四，旁邊又被一間在小山丘上的陳篤生大醫院擋著，怎麼會是黃金地段？

「爸，吃完了，我們到處走走，這裡變了很多呢。」女兒扶著我站起來。原來，到了八十，肌肉都漸漸變細，胃口又越來越少，力氣就漸漸衰弱下來，前幾天看老人科醫生，他說這是「Frailty」（衰弱、孱弱）。那就惟有慢慢細步行走。平常日子的下午，這個典型的新加坡小市鎮，格外寧靜。看來，其他老居民都老了：失智的、衰弱的、中風的、心臟衰竭的……「你還記得這兩座政府租住房屋嗎？從前林伯住在這裡，他們失業，無力負擔售賣的組屋，惟有住租賃組屋，裡面沒有睡房，打開門一眼看到底。」站在左邊的女兒解釋著，沒辦法，健忘的我，每天都是新的學習。「每個星期四，我在幫租賃組屋樓下的老人中心派發午餐到他們的家，順道跟一些老街坊打招呼。有時候，他們也向我問候爸你還好嗎。」

當我還在努力想想哪個老街坊是誰，轉個角，眼前一片空曠，原來是那些只得兩層樓的平房式組屋。[5] 聽說這類平房，現在已經式微，畢竟，新加坡可用的地已經越來越少，不停地填海，再填海，去製造新的土地。哪有本錢再在市區建築這些才兩層樓的政府平房？

「阿女呀，妳的中學同學以前住在這裡哦！」

我指著前面的屋前小花園。「爸，你竟然記得！」

「是啊，妳從前說：『只隔了幾個街口，如果我們也住在這裡，多好。』」女兒從前的說話，都印在我的心裡。

→ 黃埔小販中心。（照片：Miguel Vidal / Shutterstock.com）

「爸，現在看來，其實也不算什麼好，這種平房有很多地方要維修，而且地契才九十九年，房子都老了，怎樣轉手？」我回應道：「所以，舊一輩新加坡人就喜歡住在高樓。」

突然，我有點迷惘。從前街尾是一塊平坦的草地，我和幾位工友，常常在午飯後來到這裡踢足球，怎麼現在是幾座密密麻麻的三十幾層樓高的組屋？「黃埔就在島國的中心，去那裡都靠近。如果不是被兩條大公路包圍，又沒有地鐵，不然這裡啊，一早已經面目全非了。所以，這些新建的組屋多受歡迎。」女兒似乎是今天旅程的導遊，一路沿途剖析。而我，只看見曾經在這片土地上，一起奔跑一起追球的身影們，他們流過的汗水，發過的笑聲，散過的青春，都應該已經跟隨這些高聳的樓宇，升上天空了。在舊的組屋區，在僅有的空地插針式地建築新型的大樓，看來都是無可避免的。人口越來越多，年輕人學歷越來越高，不過，也不是只要四面牆和有瓦遮頭？新的舊的，好像總帶點違和感，建築如是，文章如是，人民如是。不知道我的老家鄉香港，是不是都面對這個問題？

「現在流行的解決方法是把舊的建築『活化』，像爸你從前工作過的工場，就在黃埔河的對面，還沒有被拆掉；不過，說穿了，又只是變成了年輕人喜歡的新式咖啡店。」

女兒帶點不滿地細說：「你的孫兒就喜歡整天跑到這些新式咖啡店，花錢喝高級咖啡，食高級蛋糕，就是為了拍照打卡。」說着說着，我們已經來到河的對岸，那些舊式工業大廈和工場，它們還沒有改變，我依然認得；不過，怎麼都是年輕人在喝咖啡

和嘻嘻哈哈。

「打卡？孫兒去工場上班？！」我聽得糊塗了。

女兒哈哈大笑：「現在的年輕人都喜歡去潮興的餐廳和景點，再用手機拍照，上載到社群媒體，讓同輩和跟隨者點讚和羨慕。」

聽起來，真複雜，而我只懂賣雜貨和月餅。「他們說這是虛擬世界，看來連帶當中的和應與掌聲都是一場空吧！」怎麼我身旁剛才還在大口大口吃麵的小女孩，講話這麼老成的？一陣陣咖啡香撲鼻，倒不是南洋咖啡的焦香，而是西式咖啡的甘澀。無所謂，至少不是從前的工場中揮之不去的油漬味，藏在掌紋中，去到那裡，別人的眼神總會怪怪的。

女兒拖着我的手過馬路。馬里士他路著名的豆沙餅、魚頭爐和雞飯店一直在觀看着這個欖核型島國中每一個人。地點依舊，味道依舊，笑容依舊，悲傷依舊。當天渡過千里的海洋，生活在新加坡，用了幾十年建立第二個故鄉。多少事，多少人，很多都開始從意識中匿藏到無意識中了，短暫記憶都變得陌生，像網絡社群媒體——明天又有新的餐廳出現，孫兒又可以去排隊，去打卡。

「爸，時間差不多了，也在黃埔兜了一個圈，我們就在前面路口的攝影沖洗店前，截一輛德士去探望媽媽吧。」黃埔通道（Whampoa Drive）口轉角處的曬相舖，我認得那個黃色，是柯達菲林（Kodak film）。

「阿女，妳還記得我們在這間曬相舖買第一部相機嗎？之

後，我們都是來這裡曬相呀。」

女兒抬頭一看，細聲道：「那一部相機還在我家，我打算留給你的孫兒，不過，今時今日，不知道他還有沒有興趣。」

此刻，德士到了，女兒攙扶我上車：「麻煩你，我們去陳篤生醫院。」

▌備註：改編自真人真事，主人翁是我照顧的病人，住黃埔區，總是大老遠來到樟宜醫院（Changi General Hospital）找我診治。故事情節純屬虛構。

註釋

1 上世紀三十至六〇年代，香港的唐樓只有四至五層樓。賣甘草欖的小販會在行人道上，把一小包的甘草欖徒手拋上買欖單位的陽台，顧客就把錢向下拋給小販，所以，這些欖就叫做「飛機欖」。

2 甘榜（Kampong）：馬來語音譯，指鄉村、農村。

3 中央快速公路（Central Expressway，CTE）和泛島快速公路（Pan Island Expressway，PIE）

4 嗦呸：新加坡福建話／閩南語，指新加坡的傳統烘烤咖啡。

5 平房式組屋：在新加坡又稱為「有地組屋」。

大巴窰八巷 │ 譚光雪

　　穿過大巴窰（Toa Payoh）八巷，是條狹窄的雙向車道，亦作為兩個選區的「分界線」。其中一側的一小部分還隸屬波東巴西（Potong Pasir）選區。大巴窰八巷和布拉德路（Braddell Road）之間，在一九八四至二〇一一年，曾是反對黨詹時中[1]的區域（指波東巴西區），而路的另一側則是「碧山大巴窰選區」——局面總是有點尷尬。我住的組屋恰恰就在這條分界線上，稍偏「贏面大」的那方。

　　多年來，大巴窰八巷兩側之間的差異一直很顯著。波東巴西區那端，組屋底層是水泥地；被遺棄的椅子、沙發很快就了「公共家具」；還有好多私設的小花園[2]；以及擁有「世界頂級烤雞翅」的小販中心。碧山大巴窰選區的那端，組屋樓下則鋪滿了地磚；有堅固而整齊劃一的不銹鋼長凳；由非常重要人物栽種，但「發育不良」的果樹；還有一個連接到各個不同公共運動設施的跑步道。這好似是在提醒另一端的居民「他們所得不到的」。直至二〇一一年前，每每只要詹時中當選時，就能聽到波東巴西區雀躍的笛鳴炮響之聲，以及碧山大巴窰選區那些在野支持者的歡呼狂喊之聲。

　　當然，政治鮮少干預居民的日常生活。我們依舊在大巴窰八巷的兩端來回穿梭，同樣能使用巴士站、跑步道，以及享用「世

界頂級烤雞翅」。同樣的，過街老鼠也兩區往返，很機靈地逃過來回的車輛，到對街「傳宗接代」，或在居民沒有防備時嚇唬他們——當然，這無關大選投票時的抉擇。塵土如是。不分青紅皂白的塵土，尤其來自陳舊剝落的石灰，隨意飛揚與遊蕩，最後再伴隨著風向落定。但其中一樣大巴窰八巷的居民津津樂道的是他們共享的大雨樹[3]，隨著馬路整齊排列，而壯碩的樹枝上佈滿了蕨、爬行植物與記憶。在二〇一一年後，以「安全」和區翻新工程之名，砍伐了這些如同巨人般的雨樹。

也就在去年，我賣掉了組屋，決定離開大巴窰八巷。

註釋

[1] 詹時中（Chiam See Tong）：生於一九三五年，新加坡政治家與律師，前任新加坡國會波東巴西單選區民選議員。

[2] 新加坡的組屋（公共房屋）區裡，特別是一樓外的草坪、走廊或小空地等，都是公有空間，歸該選區的市鎮理事會管理，不能私設花園，或擺放個人物品；若是擺放一兩盆花或一輛腳踏車，只要在不阻礙交通的情況下，是被默許的。

[3] 雨樹在新加坡無處不在，幾乎是新加坡的「國樹」。雨樹相當巨大，華美如蓋，為路人撐起一片陰涼，遮風擋雨。

兒時記憶 —— 俊源街與其周圍的老街舊事　｜　曾國平

一

　　我是城市裡長大的孩子，童年時候就住在俊源街（Choon Guan Street）。就是丹戎巴葛（Tanjong Pagar）地鐵站所在，現在是新加坡南部市中心高樓林立的商業地帶。但在六七〇年代，那裡還是一排排的老店屋 —— 一樓是商店，二樓三樓各住有十幾戶人家。每六戶共用一個廚房，三間沖涼房和廁所。

　　當時正值戰後嬰兒潮，每戶人家七八個小孩實屬平常。現在的孩子也許無法想像，每一層樓住著有許多孩子的大家庭，擠在每間只有二十幾平米的房子，一家十來口睡覺都必須並排著睡在地板上，每天早上幾十號人排隊上廁所，那是一種什麼樣的光景。

　　我和姐姐從小就和鄰家大哥哥大姐姐玩在一塊，大夥玩的花樣不少，比如玻璃彈珠、跳房子、跳繩、捉迷藏、抓蜘蛛、抓「龍溝（溝渠）魚」，還有大哥哥編排我們拿著玩具刀槍，上演大俠獨創少林寺十八銅人陣等 —— 幾十個孩子一起玩對現在的孩子應該也是件不可思議的事。

　　新加坡城市變遷的腳步已經悄悄開始，我家對面的老房子在我讀小學二年級時就被拆掉了，取代它的是一座五十層的高樓，就是現在的「凱聯大廈」（International Plaza），我們當時就稱

它為「五十樓」。記得當時常常聽大人說要是「五十樓」倒下來，我們大家都逃不掉，馬上要變成肉醬。我聽了很是驚恐。耗時兩年才竣工的「五十樓」沒倒下，我們非但安然無恙，它還成為我們這些孩子們玩耍的地方。我和鄰家孩子一起到「五十樓」那裡拾辦公室丟掉的紙皮（可以賣錢）和郵票。有一個保安大叔很喜歡追我們，我們就逃，彷彿和他玩捉迷藏。如今想起方才明白為什麼他從來沒有「抓」到我們這些小屁孩，他其實是在逗我們玩。

我喜歡中秋節和大夥兒一起提燈籠，我們唱著歌，有時沉默不語，由大哥哥領著我們穿街走巷，讓月亮為我們撥開要走的路。我記得我的燈籠燒了幾個，姐姐又幫我買新的點燃。我們的燈籠連成長長的隊伍，走過許多歲月，彷彿可以一直走到時間的盡頭。

另外，讓我難忘的就是看街戲，附近的城隍廟每年中元節，都請來戲班搭起戲台，一連演幾天的戲，當時看街戲的人很多，大家一面吃吃喝喝，一面看台上的戲曲熱鬧非常。那些花旦小生在那裡咿咿呀呀地唱個不停，一唱就是半個晚上，我們期待看武生打架，看他們飛天和龍打鬥，那些場景也許只有短短幾分鐘，卻百看不厭，值得一個晚上的等待。我們都在等著後面好人殺壞人的高潮。鑼鼓聲中，夜漸深了，我常常在姐姐身邊睡去。最後一次看這街戲是什麼時候？我記不得了，好像一覺醒來已經長大，老房子拆了，鑼鼓聲卻還在耳邊響著。

二

　　老房子的廚房是十戶人家共用的。一到準備午飯和晚飯時，各家的婦人就擠在廚房裡，一邊忙著煮飯炒菜，一邊笑談生活──她們交換心得之餘，當然不免東家長西家短。我那時喜歡往廚房裡跑，因為人長得乖巧，嘴巴也甜，因此總能從大人那裡要到吃的。

　　這讓我想起許多小時吃的食物，如今已經不常吃到了。比如母親做的肉丸，非常的香，不用防腐劑不用放在冰箱卻可保存一個星期。父親做的客家算盤子也是至今我吃過最好吃的。我鄰居蒸的發糕也不是如今超市賣的可比。

　　我就這樣被童年的「味道」吸引著，到處去尋找小時吃的蝦麵、滷麵、雲吞麵、炒粿條等。比如雲吞麵，吃一碗麵可以吃出幾許的記憶，幾個小小的雲吞入口慾化，Q彈的細麵條，甜香入喉，咀嚼之間，令人心滿意足。那不是雍容華貴包著蝦肉的港式雲吞麵，也不是一碟黑醬油的馬來西亞雲吞麵。是我小時在小巷口五毛錢一碟的「小家碧玉」。長大後我尋遍整個島國，好不容易與她重逢。在每個雲吞裡，感覺年幼的自己，品嚐著老街的月光。我想因為這些味道，讓我們對新加坡更有歸屬感，出國一久就會想家，總想回家去吃新加坡的雞飯、雲吞麵、烤麵包配半生熟蛋。

　　從老家廚房的窗抬頭望向外頭，總有一隻老貓蹲在屋瓦上盯著廚房和我，牠是不是等著誰拋給牠一尾魚或者永遠溫柔的月光？我們的老屋有不少野貓，我不知道沒人「飼養」的牠們是怎

麼活下來的。這些貓經常在半夜裡出沒在屋頂或樓梯口，牠們隨處大便，鄰居的老人看見都會拿棍子趕牠們。我想這些可憐的貓咪是不是像舞台劇《Cats》裡的貓，到了深夜就到無人的街上聚會、跳舞尋歡，或者對著月亮唱出城市裡莫名的惆悵？

三

　　我的童年不能不提一個人，那是我的奶媽，但因她年紀大所以我和姐姐稱呼她「婆婆」。她很疼愛我，是我受屈時想要傾訴的對象，尤其當母親體罰我的時候，婆婆就是我的天使，她總是維護著我。她是我童年最愛的人。直到多年後，她還經常出現在我的夢裡，我回到她住的房子，睡在她的床鋪上，從她家的小窗看出去，看見我的小學。

　　我的婆婆就住在離俊源街不遠處的直落亞逸街（Telok　Ayer Street），而母校「崇福小學」就在那裡，在同一條街上有總校、分校和舊校。舊校就在天福宮媽祖廟，總校在天福宮對面——而我下了課，有時會和同學到天福宮玩。天福宮的媽祖娘娘對我們這些頑皮的孩子應該再熟悉不過，估計她一直都在保佑我們平安長大。

　　直落亞逸街的屋子是木搭的，比起俊源街的屋子要簡陋得多，只要走路稍微用勁就會振動，發出很大的聲音，說話稍微大聲點，鄰居都會聽得一清二楚。更重要的是需要嚴防走水（火災），木質房子一旦起火，常常一發不可收拾。猶記得婆婆家不遠處有一間房子失火，一條街的人都十分緊張，那時我剛好在婆

婆家，從窗口看出去，大火熊熊燃燒，火勢挺是嚇人，我那時年幼，不知危險，大人們卻異常緊張。婆婆告訴我要穿好鞋子，隨時準備，只要火勢向旁邊的屋子蔓延就要馬上離開。好在後來火被消防員及時撲滅，但那間著火的房子也已經燒成焦炭，無法修復了，而當時看大火燒老屋子的場景卻永遠留在我心頭。

婆婆終老在這簡陋的屋子裡，從地板的橫木間可以看到樓下的人，窗外的屋瓦上長著頑強的小樹。煮飯用的是火炭和木材，這樣的舊屋子和日子一樣，和慈祥的婆婆一樣是再也見不到了。

四

俊源街一樓有著各種小店，比如理髮店、洗衣店、雜貨店、咖啡店、印刷店，以及印度人賣零食的小攤位等。

洗衣店的老闆娘是母親的好友，我們因此常常到她店裡玩。她是廣東人，喜歡打麻將，每天都有牌局。衣服分門別類，用水煮過衣服，洗好後用沉重的熨斗來熨。我有好多童年的夜晚都是在她家度過，因此也學會了一口流利的廣東話。

雜貨店的老闆是福建人，他的女兒是我的同學，也常有機會到他那裡玩，他賣的米和糖都是放在大麻包袋，插上價格標籤讓人來選購的，放錢的桶就用繩子懸掛著，收錢時在那裡拉上拉下，像個十分有趣的小機關。

咖啡店的海南人老闆也是我的鄰居，那時的咖啡店桌子底下都有一個痰盂，給那些老先生們吐痰。許多人喜歡把腿置在椅子上吃麵包喝咖啡。我也學會把美祿[1]倒在碟子端起來喝，然後

在咖啡店裡和大家一起聽李大傻或者王道講古 —— 那是一個聽「麗的呼聲」[2]，廣播盛行的年代。

一排排老房子之間是髒亂的後巷，俊源街的後巷卻有很多小販，賣著各種美食，一碗三毛錢的魚圓麵，一盤兩毛錢的米暹（Mee Siam）還有印度羅惹（Indian Rojak）等，小販們推著簡單的攤位到後巷賣著便宜美味的食物。一直到後來政府把他們遷入小販中心裡。

後巷也是流氓幫派打鬥的地方，我看過幾次幫派毆鬥在我家的後巷，一大批年輕的流氓趁夜黑風高在那裡混戰，真如電影畫面。父親常常不讓我多看，趕我們去睡。他們的打鬥經常發生，卻也經常很快就結束，那些流氓最怕的就是「紅車」（指紅色的鎮暴警察車），他們一到那些流氓就會作鳥獸散，猶如老鼠見到貓。經過政府的掃蕩，六〇年代在大街小巷橫行的私會黨和流氓基本就銷聲匿跡。

五.

偶爾父母親會帶我和姐姐去看電影，我們去的電影院有傳說鬧鬼的金華戲院（丹戎巴葛路），還有牛車水的東方戲院（新橋路，New Bridge Road）和人民劇場（牛車水聯絡所），都在左近的街道。我喜歡在電影院裡東張西望，那時是用膠卷放映，抬頭就可看見從放映室有一道光柱投映到前面的熒幕 —— 那時的電影院幾乎都有一種舊沙發才有的味道。當時的《獨臂刀》、《俠骨丹心》、《愛的天地》等都深深令我著迷，也都在這些

→ 八〇年代，攝於俊源街的店屋。（照片：新加坡國家檔案館提供）

「味道」和神秘的氛圍中放映。

這些電影院如今都已關門大吉了。但人生的電影還在上映中，我回到俊源街和它周圍的幾條街道，在陌生裡依舊能找到過去的點點滴滴。雖然那些舊鄰居都已離開，老屋早已被拆遷，取而代之的是幢幢摩天高樓，很少人知道在丹戎巴葛地鐵站出來面向凱聯大廈的那條街就叫做俊源街，雖然街牌還靜悄悄站在街的角落。經過那裡還是會讓我想起過世的父母親，還有年幼時的玩伴，我和他們早就失去了聯繫，但希望大家都平安順利。

註釋

1 美祿（Milo）：是一種由瑞士雀巢公司出品的奶類飲料，還有巧克力和麥芽成分；至今仍是非常受新加坡人歡迎的日常飲料之一。

2 麗的呼聲（Rediffusion）：新加坡早期受歡迎的有線廣播電台服務，其中廣播劇、講古的環節是一代新加坡人重要的集體記憶。

無路可返的故鄉——芽籠東蔥茅園 ｜ 鄭景祥

像一條時間的河蜿蜒流淌
惹蘭阿沙卡夫的兩岸是貧瘠的童年和模糊的念想[1]
那是一個連谷歌地圖也來不及收錄的遠方
只儲存在我出生到小學二年級的微弱檔案

三輪車開到一九七九年的路口就拒絕往前
媽媽只能牽著暈車的我走下記憶
左邊華農小學響起姐姐背書的燒腦
右邊隔著紅土路就是蟒蛇纏繞傳說的九皇宮
廟前大草坪沒有餐館酒廊商場
只是偶爾拜託戲台粉墨登場一個農村的繁華

累了就在炒粿條檔坐下喝一杯鄉情
不用付錢不需吃東西更不收消費稅
反正大家都習慣道一聲謝就當結賬
走過仁天藥房就來到小孩最喜歡的有發棧[2]
老闆娘拉著母親神秘兮兮討論十二支[3]
我和姐姐望著一桶又一桶糖果餅乾
預先練習瀏覽購物櫥窗

臨走前約定晚上來蹭一出連續劇的黑白時光

跨過泥濘閃過池塘眼前一片農地豁然開朗
婆婆赤腳站在田裡對歲月大喊一聲「死仔包」[4]
嚇得蚊子蝸牛蟒蛇都躲進夢境
彎曲的扁擔兩端挑著疲憊和夕陽歸返
飯後慢慢細數上芭和下芭的家常

其實蔥茅園地界大到說不完
大成巷友諾士甘榜烏美芽籠士乃通通算[5]
而我的記憶只由一條簡單的街貫穿
廣東太遙遠鶴山太偏僻
潛意識裡祖籍更靠近芽籠東一片蔥茅地
一個被時代剷平根鬚
返鄉只能在夢裡，憶述只能靠想像的荒涼

附記：據傳在十九世紀，阿拉伯富商阿沙卡夫在芽籠東（Geylang East）買下大片土地，改種蔥茅，這就是蔥茅園得名的由來。當年，村子裡的主要公路就是以他的名字命名的惹蘭阿沙卡夫（Jalan Alsagoff）。蔥茅園又以機場路（Airport Road）為地界，劃分為上芭和下芭。可惜在一九七〇年代，終歸逃不過重新規劃的宿命，居民紛紛被遷移到其他新鎮的組屋，蔥茅園和惹蘭阿沙卡夫漸漸淡出新加坡的歷史版圖和國人的記憶容量。）

註釋

1 惹蘭阿沙卡夫：惹蘭阿沙卡夫是蔥茅園的一條主要道路，以一位十九世紀僑居新加坡的阿拉伯富商阿沙卡夫（Alsagoff）的名字命名。惹蘭（Jalan）是馬來語道路的意思。

2 有發棧：指蔥茅園的一家鄰里雜貨店（甘仔店），老闆的名字就叫「有發」。

3 十二支：新加坡早期一種流行於民間，屬於一種非法的賭博方式。十二支的迷人之處，在於星期一至星期五都開「真字」，而且賭本不大，新幣一毛錢就可下注了。

4 死仔包：廣東話，主要是大人指稱頑皮搗蛋的小孩時的用語，如同福建話／閩南語的「死囡仔脯」。

5 大成（Tai Seng）；友諾士（Eunos）；甘榜烏美（Kampong Ubi）；芽籠士乃（Geylang Serai）。

從二馬路到五馬路 | 吳慶康

　　從來沒忘記七八〇年代小坡[1]密駝路（Middle Road）「皇后酒樓」那塊大大廣告牌上的女人面容。她穿鳳冠霞披，手上捧著一盒月餅，一到中秋節就在推銷，聲色奪人。忘了有沒有嚐過皇后月餅，但那個女人和皇后月餅的印象，烙印我心。

　　當年本地八大酒樓之一的皇后酒樓早已被國家圖書館取代，新地標少了廣告女郎手上的月餅，沒有誰會覺得怎樣，我一直記得是因為我的童年有很多週末都在皇后酒樓前的密駝路度過，基本上是和皇后酒樓的月餅廣告女郎一起長大。

　　就在今日洲際酒店佇立的那一塊地，也就是皇后酒樓對面，以前是一排鞋店，有些和我有點關係。「招記鞋店」是爺爺的，聽說爺爺做的招記拖鞋很出名，印度人特別喜歡穿。「許廣梅」是二姑丈的鞋店，其他還有永和鞋店、廣昌鞋店、李兄弟鞋店，以及明星鞋店，賣的是男裝鞋、女裝鞋、跳舞鞋，以及拖鞋等等，是名副其實的鞋店一條街。

　　每個週末爸爸帶我和媽媽到密駝路，會把我們留在二姑丈的許廣梅鞋店裡，表面上是讓我和表哥表姐玩，實際上是因為他要到店屋後的鞋業工會搓麻將，於是把我們母子丟給姑丈姑媽。我和媽媽每個週末從下午等到傍晚，從晚上等到午夜，就等爸爸搓完幾圈以後回家，有時過了午夜東南西北風還沒吹完，媽媽很生

氣，就差我到工會找爸爸——結果反而讓我接觸到麻將這神奇的遊戲，著迷地看著爸爸繼續築四方城，等爸爸從工會「下班」後，媽媽的臉當然是黑的。

工會樓上的麻將室是典型的香港黑白電影畫面，大概有八桌吧，每桌必定有煙客邊碰邊吸煙，名副其實的「烏煙瘴氣」。印象最深的是總有個為麻將客倒茶添酒的白衣黑褲阿姨，她不斷從後面的廚房冰箱內，拿出一碟又一碟的冷凍小面巾給客人抹臉提神。小面巾不僅冰涼，而且還灑滿了清香的花露水，我特別喜歡拿來敷在臉上，聞著那股清香，聞著我的童年。有時，我會幫忙阿姨將小面巾拿給聚精匯神經營攻略的爸爸，同時用小面巾上的花露水遮掉嗆鼻的煙味，那是我對花露水的初體驗。

我很享受在工會以及在鞋店裡等爸爸搓麻將的童年時光，除了看著親戚長輩做鞋做生意，我也經常在後巷玩，那是聚集最多小朋友成長記憶的地方，在沒有科技沒有手機沒有社交媒體的當年，我們玩的是跳飛機和彈球，過年過節就在後巷放鞭炮和煙花，玩累了就到街邊攤子買水喝，買一串炸魚丸或滷味來吃，吃那一口又一口的天真寫意。最重要的是自由自在，童年沒被科技管控。

我也常常看著店外俗稱二馬路上川流的車子，當年很流行霸王車，不介意多付一點錢的話，隨手一招就可以上車，比走碼表的德士還方便。但我更喜歡的是三輪車，因為大姑丈住在斜對面遠一點的小坡五馬路，有時爸爸搓麻將晚了，二姑丈的鞋店關門了，我就和媽媽，有時甚至是自己招來一輛三輪車，叫車夫從二

馬路送我到五馬路，到大姑丈家繼續等爸爸。

那段從二馬路到五馬路的距離大約是五百米左右，坐三輪車大約五分鐘就到了，路程很短，但感覺很好，記憶很深，因為走過了我不少的童年。三輪車是現在遊客才喜歡的老舊交通工具，但當年我喜歡坐上看街景，感覺像是個「小老闆」，給車夫一角錢，他就載我去「吃風」，我是真的把口張開讓風吹進嘴裡，那種「迎風招展」的感覺很棒，然後我回頭看看漸漸遠去的二姑丈的鞋店，揮揮手向二姑媽道別，彷彿也看到皇后酒樓的月餅廣告女郎在向我微笑，好像在對我說：「去吧去吧，下個星期再來玩。」

當時年紀小，沒特別留意，後來從檔案照才發現原來密駝路根本就是建築師的瑰寶。這一段路，每次春節過年與表哥表姐聚會時都會被提起，整條街的內容很豐富。從二馬路到五馬路，自然得經過三馬路和四馬路。[2] 當年很小，沒怎麼注意三馬路有什麼特別，反倒是對四馬路留有印象，因為人人都知道的觀音廟就在四馬路。這一整條街，有一整排極富特色的南洋老店屋，五六〇年代的建築從兩層樓到八層樓，住宅夾雜在會館、修車廠、藥店、酒鞋店、苦力屋、酒吧、眼鏡店、金鋪、五金店、布料店、風箏店，針車針線店，甚至還有賣動物標本的店，店與店之間什麼都有，充滿生活味道。

有趣的是，在這些五味雜陳的店鋪中，有著豐富的生命節奏。那裡曾有一所潮州人做白事的南安會館，也有一家後來變得陰森的雜貨店，因為在日本佔領新加坡時期，雜貨店是日本軍用

來囤放屍體的地方。另外還有一家賣燒肉的店，掌櫃的原來是黑社會，做生意的時候，身上隨時帶刀帶槍。表哥一次在說故事的時候透露，他曾看過燒肉店裡的追殺場面，槍林彈火就在燒肉與人肉之間飛梭，比電影畫面還精彩。聽說，當年警方要通緝的一個大盜，就住在密陀路一七一號和一七七號，算是大姑丈的鄰居，好刺激。

這些當然是屬於上一代人的回憶，和我們今日的現代與高科技日常生活大不同，兩者當然無法比較，但以前的街道內容因為動蕩的年代毫無疑問是更豐富的，與我們現在總能利用手機軟體（又譯「應用程序」）或一些方便的科技工具來強化的色彩相比，當年的黑白似乎更鮮豔繽紛。

根據資料，早年的密駝路是南北走向的中軸，被七條馬路分割，起點是美芝路（Beach Road），然後是橋南路（South Bridge Road）、維多利亞路（Victoria Street）、奎因路（Queen Street）等，一直到實利基路（Selegie Road），這些路名都由殖民地年代的英文翻譯過來（詳見註二），那個時候的早期移民不懂英文，於是以大馬路開始把每條路叫開，直到七馬路，所以也就有了我小時候的二馬路和大馬路。

當今時尚的社交媒體族群，固然能從谷歌中找到這幾條數字馬路的歷史和故事，但他們不會有我童年在舊店屋後巷的記憶，也不會有我在二馬路和大馬路之間坐三輪車「吃風」[3]並回望皇后酒樓月餅女郎的體驗。就像我也不會有爸媽，以及爺爺奶奶在這幾條街之間生活工作，甚至談戀愛、組織家庭的成長經歷，因為每條街都有自己的光陰歲月，每個人都有他們在人生不同階段

最常走過，最有感覺的一條歲月街道。

註釋

1 小坡：小坡指新加坡河以南，橋北路（North Bridge Road）一帶。是早期華人南來時的聚集和居住地之一。老舍曾經寫過小說《小坡的生日》，指的正是這一帶。

2 大馬路：橋北路（North Bridge Road）；二馬路：維多利亞街（Victoria Street）；三馬路：奎因街（Queen Street）；四馬路：滑鐵盧街（Waterloo Street）；五馬路：明古連街（Bencoolen Street）；六馬路：布拾連街（Prinsep Street）；七馬路：實利基路（Selegie Road）。

3 吃風：直譯自馬來語 makan angin，指兜風、到戶外休閒，或外出旅行。是新加坡和馬來西亞一帶常用的口語。

→ 六〇年代的四馬路觀音堂廟口。
（照片：新加坡國家檔案館提供）

小印度的一份情緣 | 黃子明

「小印度」，無疑是別有風味，自有一番情趣的街區。但這麼籠統的叫法，又彷彿把它說成與世隔絕的另一個「國度」，好像有種不可逾越的分界了。

其實，現在小印度地鐵站一帶，以往中文的俗稱就是「竹腳」，人們都按閩南話的讀音念作「Tekka」。新加坡二戰之後的好幾代人，不論言語宗教，什麼族群膚色也好，都在附近的竹腳醫院呱呱墜地，降生人世。這裡東接華人聚居的「小坡」（橋北路一帶）地區，西鄰源自殖民地時代的「跑馬埔路」（Race Course Road），後者目前還有暫未建起高樓公寓的一片草地，不難想像一百年前，賽馬奔騰的喧囂。

新加坡號稱是多元文化社會，至於具體有什麼獨特的歷史文化遺產，一般人未必說得上來。但說起特色小吃，大家心裡都存著一根指南針。跑馬埔路有什麼最馳名？就是「咖哩魚頭」。這裡環境也相對清幽，當然離「正版」小印度的心臟地帶還差一段距離。

眾生

我小時候對竹腳附近許多老地方是沒什麼概念的，朦朧中就

知道它北邊有個風光一時的「新世界」遊藝場，舉凡地方戲曲、時尚電影以至香艷舞蹈等歌台表演，形形色色的娛樂都齊全。

　　我的時代跟新世界的脂粉味無緣，只知道它東出口的大路是惹蘭勿剎（Jalan Besar），瀰漫著汽油味。直到今時今日，只要從實龍崗路（Serangoon Road）穿入右側的幾條小巷，仍不難發現有不少華人經營的五金店和汽車維修之類的生意。這裡一帶有好些福州人和興化人的會館或教堂，反映出早期華人當中，屬較少數的移民要在離市中心較遠的地方落戶。

　　竹腳的南面還有一條亞峇街（Albert Street），早在八〇年代雷厲風行，杜絕街邊大排檔之前，也曾有過不夜天的熱鬧。有幸認識了一位家裡在此開過茶檔的摯友，才知道新加坡以往的粵菜餐館不獨為牛車水所專美，亞峇街便有四家。家喻戶曉的「老曾記」（Old Chang Kee）咖哩角在此起家的故事，則無需著墨了，但假若有誰還懷念著這裡的一攤潮州魚圓粉絲，想必都跟友人一樣年過半百。亞峇街鼎盛之時，據稱是每晚都有旅遊巴士專程載食客前來大快朵頤。

　　說起來好笑，我對「小印度」這個地方開始比較有敏感度，該是九〇年代觀賞王家衛那部《重慶森林》之後。今天回頭看那幾幕重慶大廈的異國場景，或許會嫌跟西方特務影片裡，有意無意間將東方社會神秘化、他者化的意味差不多。但至少可以算是通過銀幕鏡頭，給了他們一寸方土。新加坡電影業當時尚未正式起步，差不多同期的一部《新兵小傳》（Army Daze）還在搞些時而無厘頭的笑料，對於印度文化所呈現出的刻板印象，仍停留

在男女情侶繞著大樹來調情的老橋段、老笑話。至於竹腳附近每個週末，南亞籍客工人頭攢動的現實場景，根本難以想像如何能夠搬上銀幕。

一九九二年，甚至有一位國會議員一時失言，以「漆黑」之類的不當字眼來形容小印度的街景，令民眾為之嘩然——無傷大雅的笑話，該是懂得留點餘地。猶記得某一年在電視上看到英文波道一段喜劇節目，調侃小印度為另有一套社會規律的國度：眼看兩名新加坡華人要過馬路，一位罔顧有沒有紅綠燈，就要徑自越過。另一人說你還守不守規則，「這裡可是新加坡！」他卻回應道：「這裡是小印度！」這還算能夠供人玩味，因為你也可以反過來譏笑一向奉公守法的新加坡人，不懂得變通。

早在印度文化館未建成，康寶巷（Campbell Lane）也未鋪成吸引遊客的人行道之前，那一處路口的確是多年來都沒設交通燈，如何過馬路就憑你的膽量。但在小印度的街頭巷口溜達，總不禁覺得這裡再「雜亂無章」，也正是它的魅力所在。

真、善、美

給我印象最深刻的小印度，大概要以千禧年後的那十年為準。有好一段時期，由於參加附近一些不同的文化活動，差不多每個週末都會在這裡用餐及購物。就算單槍匹馬，也愛停下來喝一杯奶茶，體驗一下慢活的情趣。假如當時有人問我這裡有什麼扣住心弦，我會以一個字來概括，就是它的「真」。這裡的街頭

巷尾就是瓜果豆類遍布的菜市，還有小攤位串起一團團芬芳馥郁的花環，一片生氣盎然。繡工精細的傳統男女服飾，這裡應有盡有，要多炫麗有多炫麗，至於家常便服，要多廉價也有多廉價，路旁還可以親睹人們在縫紉機前幹活，好不經意。

　　就本地華人相應的舊街區而言，一般都以大坡牛車水為代表，但自從街邊小販在一九八三年銷聲匿跡，方言文化被視為洪水猛獸，牛車水街坊過去那種同聲共氣的時代也受到全盤否定。關於舊式店屋的歷史詮釋，似乎多半是強調以往「豬仔館」[1]和「紅頭巾」[2]的敘事，來襯托出現今高樓大廈和冷氣設備的進步。這間接中也給牛車水自八九〇年代以來的「士紳化」提供了一種「正當化」，但眼見街邊琳瑯滿目的絕大部分是以旅客為對象的紀念品，很多人若不逢上新春佳節，也不覺得有什麼理由來逛街市。相對來說，小印度給人的印象就是街景貼近生活，生活貼近傳統。

　　這裡有的盡是廟宇莊嚴的樂韻，以及唱片店播放時下流行歌曲的喧鬧。最令人嘖嘖稱奇的，自然是每年大寶森節（Thaipusam Festival），信徒們為了還願而背負「卡瓦迪」（Kavadi）[3]的苦行，直到入夜，只見滿街是孔雀羽毛雲集的舞動，蔚為奇觀。新加坡華人自八〇年代以來，都常把逢年過節的街戲，視為落後不堪的舊式娛樂，避而不談，一般大眾傳媒都不予以宣傳，或許這也間接造就了我對印度傳統民俗的一種「移情」的好奇吧。

　　這種情結未必容易解釋，但假如碰上王家衛的粉絲，我會借助他的電影意象來這麼說：一個金錢掛帥的社會是殘酷的，

什麼文化記憶都像罐頭食品一樣，遲早會過期。有一種最灑脫的心態，就是讓自己像沒有腳的小鳥一樣，不停地飛，飛到天涯海角，最遠或許可以飛到南美洲，近的可以是柬埔寨。人生苦短，無需太過執著於自己來自何方。

回想起來，我跟小印度最初的邂逅，其實是上個世紀的事了，若跟年輕一輩的人說起來，還怕有點不可思議。那是早在電郵尚未發明的時代，原來我在少年時代居然有過來自印度的筆友。她住在班加羅爾（Bengaluru），跟我年齡相仿，至今不僅記得她的名字，還記得她生日在六月底，屬巨蟹座。樣貌則沒什麼印象了，只能說她個子稍為高大。最記得她介紹自己時，說她懂得四種語文，也忘了英文是否包括在內；那也不稀奇，畢竟印度單單官方語文就有二十來個，各省之內還有其他較少數族群的語言。

手寫的書信，今時今日都是年代久遠的玩意了，幾乎有點類似戲曲故事裡，以香帕或畫扇題詩的雅趣。記得當初每回拆開信件，就覺得信箋有一陣濃郁的奇香，紙張是薄得半透明，但難得有人自遠方魚雁往來，可說是紙薄情意厚吧。所謂日有所思，夜有所夢，記得有一回清晨，我夢見她來信，結果這麼巧，沒到週末就收到她的信件，頓時歡喜不已。後來她隨親友來新加坡遊玩，我們就在吉真那路（Kitchener Road）那間三扇形狀的大酒店附近吃了一頓飯。菜式完全沒印象了，只記得喝水用的是印度餐館典型的鐵杯，言談之間，她不斷往杯裡添得滿滿的，水淡而情誼濃。

坦白說，她給我的印象，是比自己周遭的一般女生來得成熟，而年少的我，卻根本稚嫩得不行，可以擔保是一點非分之想都沒有。我只是覺得印度是亞洲文明古國，對那裡的文化好奇罷了。到了服兵役或升上大學的那幾年，就跟她失去了聯繫，但也可算是一段奇緣吧。

　　後來是在大學唸書時，認識了一些本地的印度籍同學，慢慢地，去小印度用餐更不覺得彆扭了。九十年代後期，載歌載舞的寶萊塢電影越來越受歡迎，更添加了去小印度的興致。起初不免覺得電影插曲另有幕後演唱者，演員對嘴型的呈現方式有點虛假，不如寫實主義的藝術片來得有價值，但不久也就接受了這種主流的電影文化。

　　說到真與假的問題，記得大學有位朋友曾給我介紹一部七〇年代的經典興地電影《真善美》（Satyam Shivam Sundaram），故事講述一名女子小時候被灼傷，毀了右邊的容顏，長大一直需以一頭紗麗或長髮來掩飾，但她卻有一把美妙的歌聲，一位工程師來到她的村莊，聽了立刻為之心儀，就要娶她過門。到了新婚之夜，他卻以為自己受騙，所傾慕的村姑另有所在，不肯接受她。主題曲的三個字其實反映了古印度的哲理，歌詞大意是說：神即真理，真理即善德，善德即為美；願天地萬物合而為一，相處無間。

　　印度電影一向以歌舞片為主流，講求排場。現在的製作，包括淡米爾電影，似乎故事情節和拍攝手法都比十幾二十年前更嚴謹兼有創意，但電影插曲，始終是整個製作的靈魂所在。然而，

→ 大寶森節，一名信徒背負著「卡瓦迪」。（照片：符志修提供）

隨著數碼化的發展，小印度以前遍布大街的唱片行，早已全軍覆沒，再也無法從中感受最新電影的熱潮。

無常

就素食餐而言，世間上或許沒什麼能比南印度套餐更加斑斕多彩了。猶記得在二十餘年前，只要三塊錢，就可以在小印度享用一頓豐盛的午飯。當時最幸運的，是還有一位教我如何享用南印度餐的啟蒙老師。他是一位鼓手，其實後來也成為我的音樂老師，雖說我上了那幾年光景，一周一次的課，也稱不上什麼名堂。他當時就很仔細地，跟我解釋了芭蕉葉上五彩繽紛的菜類豆類、咖哩湯汁等等，究竟該按怎麼順序來吃才有益於食慾和消化之類的道理。

一直忘不了梅農先生的外貌是粗眉大眼，下巴稍尖，滿臉痘坑，鬍鬚濃密，第一眼給人的印象就是硬漢一名。與他交往，才知道他性格豪爽耿直，卻又平易近人。他的聲音特別洪亮，聽他像機關槍般，用口念出「達卡達里吉塔達卡」之類，模擬姆裡丹格鼓（Mridangam）的節奏聲響，都非常鏗鏘悅耳且精確，無疑是經過嚴格訓練。

他娶了一位美貌而賢淑的妻子，隨他來到新加坡生活。當時真覺得他們是男才女貌，令人欣羨。印度那邊不但盛行相親，談婚論嫁的時候也按例都要對一下生辰的星座，看是否會相剋什麼的。記得梅農先生是平時都很注重傳統占星術的，時不時就跟我

說木星走到了什麼星座，對現在的個人運程有什麼影響云云。有一回閒聊時，他從口袋裡掏出一張紙，攤開來跟我說，有位算命先生曾經計算過，他這一生注定只能活到四十餘歲。我當然覺得這太過危言聳聽了，當場就要斥為無稽之談，至少是說這種東西相信了也沒用。

沒想到，天底下竟有如此巧合之事，過了幾年，他發現患上癌症，嘗試化療，都無濟於事，最終是享年四十多歲。如今已是十二年前的事了。最近還碰見到他兩位高徒，敘了一下舊。當年他們不滿二十歲，已經初露鋒芒，如今大約都是三十來歲的專業人士了，始終不忘恩師。

十七八年前，我們一夥人所屬的音樂舞蹈學院，還曾經在小印度臨時搭建的舞台組織過兩次表演，節目美名為「瑪哈美拉」（Maha Mela），即「大盛會」的意思，都是通宵的表演，現場的大鑼大鼓，以新加坡一般情況算是空前絕後了。第一次是在跑馬埔路的草地舉行，主要是以卡塔卡利舞劇（Kathakali）的形式來搬演《摩訶婆羅多》史詩的故事。這種舞劇的演員是要根據角色的忠或邪等身份來畫臉譜的，跟中國戲曲有異曲同工之妙。

次年，又嘗試結合了少許華人戲曲以及馬來人皮影戲等，來表演類似的故事，地點改在慕斯達發百貨公司（Mustafa Centre）對面的草場。然而，百貨公司若是二十四小時營業，還不難吸引不少顧客及旅客，傳統文化表演要演個通宵，本地恐怕就沒那麼多人有耐心，像印度的村民一樣，緊追天亮前的壓軸場面。後來當局就不再主辦了。

另有一回，是在小印度舉行衛塞節的慶典，主打節目請了早在五〇年代，就曾以印度舞蹈形式，在維多利亞劇院呈獻《梁山伯與祝英台》的文化獎得主，善達巴斯卡老師。她找了我來飾演悉達多王子的角色，是比較短篇的舞劇，主要就是講述釋尊目睹了生老病死，終於悟道成佛的故事。記得最後一幕戲是最寫意的，別的舞者忙著翩翩舞姿，我卻只需擺著一個打坐的姿勢，瞇起眼睛，置身度外。巴斯卡老師事後打趣說，我那樣子也很入戲。其實愛戴她的學生都說她一向是有教無類，循循善誘，從來不苛刻。

　　新加坡自治前的五〇年代，有不少華校學生熱衷於學習馬來、印度等民族舞蹈，梁祝一劇的上演也因而獲得多所華校的捧場支持。這段歷史後來被淡忘了數十年，巴斯卡藝術學院是到了去年年底，才重新把梁祝的大型舞劇搬上舞台。就沒想到，巴斯卡老師這部最早的成名作，竟也成了她生前所張羅的最後一部製作。如今人已仙逝，回首不勝唏噓。

　　今年年初本已感慨，這十幾年來，不單是大寶森節少了以往沸騰的氣氛，小印度自從二〇一三年那一場客工騷亂，也常處在一種「戒嚴」的狀態。近兩年冠病疫情爆發，又帶來新一輪的打擊。

　　二〇一〇年出國留學前，小印度拱廊（Little India Arcade）後面的橫巷曾有一間名為「印度古典音樂中心」的店面，是一位西塔爾琴演奏家開的，除了售賣樂器和激光唱片之外，也鋪了毛茸茸的華美地毯，就地授課。他就是沙拉法特汗老師，是一位來

自北印度的回教徒,當時已在新加坡教了二十多年音樂。由於在國立大學和教育學院都授過課,前來跟他學習的華族學生也有好些個。記得他不時帶學生一起作公開表演,除了北印度的古典樂以外,也彈一些華族、馬來族的民歌,平時還會教學生唱一首宣揚宗教和諧的歌曲。

但後來我聽他說有個計劃,是要回去印度建學校,廣收學生,畢竟那裡的發展空間更大。待我學成回國,他已不知去向。最後才獲悉,他在疫情前已經過世。慚愧的是,事隔多年,我手頭連他一張生活照也沒有。有一回,我見到幾度樂聲飄揚的那個角落,開了間雜貨店,順手拿起手機就想拍張照。店主就很納悶,問我是要幹什麼。我說這裡曾是一間音樂店,他說哪有此事?顯然是新來在小印度落戶不久的,我也無謂再三辯駁了。

我腦海中的實龍崗路,永遠是車水馬龍川流不息。曾幾何時,離地鐵站不遠的兩處購物中心已經拆了又建,越建越高。這一區眾多的店屋雖受保留,人事已非卻在所難免。有時也不知究竟是我們把老地方遺忘了,還是老地方捨棄了我們。大凡一個時代的見證,總要經得起無奈的寂寥。

註釋

1 豬仔館:「賣豬仔」泛指十九世紀中後期至二十世紀初,華工被販運出國的情況,一般為契約華工,也有的可能被欺騙或綁架,曾有大批通過新加坡轉運到東南亞各地。其實新加坡以往的豬仔館及苦力間並不限於牛車水一個地方,而且牛車水早在二戰前就以戲院、茶樓等娛樂而著稱,同時又是廣東人的聚居地。但隨著新加坡在七八十年代的城市發展,各方言族群的聚居地

都面臨拆遷，八十年代在爭論牛車水舊店屋是否有保留價值的時候，國家的主流敘事就強調了牛車水代表豬仔館等早期華人社會的記憶。

2　紅頭巾：俗稱「三水婆」，指上世紀二〇年代初期，主要來自廣東省三水縣（現佛山市三水區）的年輕婦女迫於生計，背井離鄉南下新加坡工作。她們在各大小建築工地扛磚頭水泥，以吃苦耐勞著稱。新加坡早期重要地標，例如高等法院、亞歷山大醫院、南洋大學、新加坡大會堂，還有五十年代屬全東南亞最高的亞洲保險大廈，以至七十年代的文華大酒店，皆有過紅頭巾的汗水。

3　卡瓦迪：是大寶森節遊行時，還願者扛在肩上，以孔雀羽毛裝飾的鐵製拱形，表示對姆魯甘神（Murugan）的奉獻，不少新馬信徒所扛的卡瓦迪還製成針座，做為苦行。姆魯甘神的形象是手持長矛，代表破除妄念。

波東巴西，我這般中意的小鎮 ｜ 林偉傑（譯者：汪來昇）

○

　　關於新加坡的論述，大多都環繞著島國的「渺小」以及整齊劃一的市容。

　　甚至有人認為：「新加坡小得即使頒布法令強制老奶奶留鬢角，應該也很容易實施。」

　　近期，一名政客表示，在裕廊（Jurong）和樟宜（Changi）之間的國民，同樣擔心生活成本和疫情。[1]

　　或許新加坡就像是「餅乾」。麗滋（Ritz）餅乾？方便、容易入口、可站立儲藏、可靠，而且口味一致。有些人更願意認為，易生產與複製。

壹

　　一張一九五一年《海峽時報》（The Straits Times）刊登出來的黑白照 —— 有兩位華族婦女，水已淹至她們腰間，而她們正從另一人手中取過一個碗。其中一位婦女，右手拿著這碗，左手還握著一個稍小的碗。另一位婦女微笑。

　　照片下的註釋寫著：「波東巴西昨日淹大水，福利部社工舢板送湯羹。千戶領湯，這兩名婦女在其中。因舢板無法直抵兩名婦女住處，社工下水送湯」。

貳

波東巴西，有家咖哩角（Curry Puff，又譯「咖哩卜」）攤，名為「峇峇咖哩角咖啡館」，是藏匿在社區裡的好去處。[2] 金黃酥脆的外皮，咖哩香氣撲鼻的爽滑內陷，還有雞肉塊和熟蛋，令人齒頰留香。一個只需一塊三毛。我不時會買來招待賓客，也帶給阿公阿嬤品嚐。

新加坡人尤其討厭，往往「屬於自己」且視若珍寶的美食祕境被發現時，還不忘被大肆宣傳一番。有一位美食部落格作家為「峇峇咖哩角咖啡館」寫了專題後，結果日日大排長龍。那天當我想買些咖哩角時，攤主阿伯說：「都賣完了！有些人還大老遠從後港（Hougang）和盛港（Sengkang）來買。」[3]

叁

一九八四年十二月。大選進入白熱化階段。執政的人民行動黨[4]，持續了廿五年在國會裡一黨獨大的局面；但反對黨此時有機可趁。一份提高公積金[5]提取年齡，由五十五至六十歲的提案，引發了熱議。無獨有偶，主導提案的正式波東巴西的國會議員侯永昌（Howe Yoon Chong）。提案最終沒有通過。但令人意外的是，侯自一九七九年才當了五年的議員，就決定不再參選了。

詹時中，是當時剛建立的新政黨，新加坡民主黨[6]的秘書長，立即就意識到可藉此機會在國會中贏得第二個席位——於是，決定在波東巴西參選。詹乘勝追擊，持續批評政府對於公積

金，以及房屋價格的政策。

執政黨認為，他們會一如既往地獲得國會裡的所有席位。

肆

波東巴西，音譯自馬來文「Potong Pasir」，可直譯為「切砂」。這是因為波東巴西曾是砂石礦；後來這些被遺棄的礦坑，成為了礦湖。翻閱舊檔案時，赫然發現還曾有不少人在這些礦湖中溺斃的慘案。

一份一九四〇年的報導：一名四十五歲的印度籍小販，搭救了一名溺水的婦女及她的孩子。而另一名婦女則不幸溺斃，屍身由一名路過的工人打撈了上來。

小販告訴該報記者：「當我游至他們時，他們差點也把我拉下水，但我卻掙脫開了。當我被告知還有另外一名婦女也在湖中時，我已累癱了，無法再做什麼。」

伍

這是不折不扣的郊外甘榜[7]，主要以種植蔬菜為生，而大部分的房屋都是亞答屋或鋅板屋。進入到六〇年代，許多住戶仍然沒有享受到電源供應，仍仰賴煤油燈來照明。更甚者，這區也沒有自來水供應，這也就是說如廁時必須到臨時搭建的公共小廁所，而且還將舊報紙當衛生紙使用。

一名常居於此的蔡姓女士（Josephine Chia），在書寫波東巴西和她在這裡的童年時，這樣寫道：「老式馬桶[8]或臨時搭建

的小廁所，是我最不能忍受的！蹲著辦事時，滿地的老鼠和蟑螂亂竄，現在想起來都倒胃口。而且當夜香桶好幾天都沒有清理時，上廁所簡直就是一場憋氣的比賽。」

但蔡女士也憶述了波東巴西居民，彼此照顧、相親相愛的情景；這裡在夜幕降臨前才閉戶，不同族群的孩子都玩在一起，大家也一同慶祝不同族群之間的節日，而且甘榜裡幾乎沒有秘密，大家都知道彼此的小八卦。「屋舍之間都靠得很近，坐在自己門口時，伸出腳就能觸及鄰居的門口了。」

陸

對於「波東」（Potong 音譯）這一用詞，還有很多其意思和搭配。

「波東」（馬來原文是「切」的意思）是本地受歡迎的冰淇淋之一。這款冰淇淋會被切成一條條長方形狀，有椰子、紅豆、榴槤、波羅蜜等口味。

另，還有半路「切」進來（potong jalan），即「插隊」或「機會被搶走」的意思。延伸出來的，還有「心愛的人被搶走」之意——尤其指新加坡男性去當兵服役，最脆弱的兩年裡，竟遭……

最後，還有高潮／快樂被「切斷」（potong stim）的意思——若粗俗點，可指性高潮被他人打斷，又氣又掃興。

柒

在波東巴西裡，我最愛的肉挫麵攤尚未成名，希望一直都能維持現狀，因為已經不時得排很久了。麵的醬料剛好，夠辣、夠醋，實在夠開胃！秘訣無疑：豬油渣。（當然過麵能再硬一些更棒！）這裡的檔口阿姨總是喊我「小弟」或「帥哥」，這也讓我的心情特別舒坦。

捌

一九八四年十二月十九日，大選投票的三天前。李光耀，新加坡的建國總理，如常在富爾頓廣場（Fullerton Square）召開他的午餐時間群眾大會，公開對比和詹時中和人民行動黨的競選人，馬寶山（Mah Bow Tan）。他呼籲人們投票前要三思。

「馬寶山，十六歲時，以六科甲等、兩科乙等的傲人成績，榮獲劍橋普通水準考試文憑；而若沒記錯，詹先生則是在一九五三年，十八歲時，才考獲六科乙等，而一科及格……這一切都在「這裡」！（李點著自己的頭）所以你們也應該用『這裡』想想看才投票。」

但這不如他所預期的。投票日當天，詹以壓倒性的六比四，多出近兩成的選票，獲得了波東巴西的勝利。而後，新加坡總理公署則向詹時中先生致歉，說是他們弄錯了，不是六科乙等，而是七科。

玖

　　我是一個臉書群組「生活在波東巴西」（Living in Potong Pasir）的成員；裡頭有一千八百名用戶。好多居民將他們已經不需要的物品通過群組送出，而一般都是貼出來後「瞬間清空」，旋即有人領取的。許多居民也貼了波東巴西組屋獨有的斜簷夕陽照；還有人會評論社區裡新開設的小販攤位，這往往還引起了熱切的討論。

　　從群組裡，我獲知有一位馬來阿姨，她也是一名小販。在新加坡實施「阻斷措施」[9]時，這名小販在疫情期間，非常辛苦，掙扎求存。這帖文原始於一名德士[10]大哥寫的。他時常載這位腿不大利索的阿姨到她咖啡店裡的攤位。這位馬來阿姨也是位好心人，她一直堅持不起價，希望不增加年長人士的負擔，同時，也經常贈食贈錢給窮苦人士，以及將剩下的食物都捐給回教堂（又譯「清真寺」）。

　　但在這艱難的日子裡，生意不如往常，她的生活也受到了影響。有時，一天的收入連當天檔口的租金都付不起；更糟的是，有時一個顧客也沒有。日復日，她無奈開始拖欠德士大哥的車錢。

　　除了攤位要兼顧，她自己的家庭和生活也並不容易。她是名寡婦，而且在一起意外中，孩子不幸離開，留下了孫子給他照顧。也因為疫情的關係，女兒的薪水也不如從前。德士大哥希望大家能到她的攤位支持，多光顧一些。

　　果不其然，該文得到了熱烈迴響。隔天，馬來阿姨的食物，

→ 波東巴西一帶斜頂組屋。（照片：林偉傑提供）

在中午前就已售罄。而且接下來幾日的生意也因顧客的預訂，都有著落了。

拾

即便是反對黨，他們也面對著內部的問題（詹時中也因此被迫離開他自己創建的新加坡民主黨）。後來，詹仍然繼續在波東巴西競選，一九九一年時，還以七成的支持票數，大獲全勝。而且這還是在政府（執政黨）歷年來為該區做出公共設施，及組屋翻新的情況下，詹仍然能大獲全勝。

此後，社區內的各大看板、布條都出現了這樣的標語「波東巴西，我這般中意的小鎮」（Potong Pasir: My Kind of Town）。這完美地展示了「擇善而固執」與驕傲——就如同「詹派」的政治信念。

拾壹

斯里使瓦杜爾噶印度廟（Sri Siva Durga Temple）是波東巴西耀眼的地標，其金光璀璨的金色塔頂，從遠處就能望見。若你直接說「波東巴西印度廟」，這裡的居民馬上就能指路。

廟裡供奉的主神是印度女神杜爾噶（又譯「難近母」）。供奉杜爾噶女神，最重要的節日必然是一連十天的「九夜節」，大約是陽曆十月舉行。九夜節主要是為了慶祝斬殺了阿修羅族的牛魔王馬希沙——馬希沙因被梵天大神賜予了「天下無敵」的力量，所以沒有任何（男）神或人能將其斬殺。因此，所向披靡的

馬希沙肆虐了天地人三界。

　　於是，印度教的三大主神（梵天、濕婆、毗濕奴）則一起聯手，創造了「女神」杜爾噶，並在大戰了十天後，女神將馬希沙斬。在這十天裡，馬希沙不斷地幻化出不同的形態，但總被識破吃敗仗。終於在第十天時，馬希沙為求勝利，不惜顯示出了牛魔王的真身時，杜爾噶才真正將其就地斬首，真正戰勝了馬希沙。因此，這「第十天」在印度神話裡被稱為「維賈亞達薩米」（Vijayadashami），印度教祭司在這一天以火祭的方式歡慶馬希沙的死，也表示光明戰勝黑暗，邪不勝正。

拾貳

　　我總是注意到，不時會有華人在印度廟街道的對面，雙手合十禮拜。這並不限於波東巴西的這家印度廟，而是整個島國都有這樣的現象。

　　對此，我並未曾去追根究因。但我想，印度教神話與神明，和華人信奉的神明，例如孫悟空和印度猴神哈努曼，有極其相似之處。在某個意義上，或許印度教的神明，早已漢化，無聲無息地化入了華人信仰當中。

拾叁

　　閱讀社會學家維妮塔·欣哈（Vineeta Sinha）的文章時，她認為新加坡義順（Yishun）的一間廟宇裡，同時供奉著道家神明「大伯公」（福德正神）以及印度教神明「慕尼沙瓦然」

（Muneeswaran）。文章中寫道「兩位神明都是『土地正神』，職責相似，相是『兄弟神』一般。」另一間廟宇，新加坡「洛陽大伯公廟」則被形容為「多重信仰」的廟宇，因為裡頭供奉了印度教的象頭神（Ganesha），以及本地馬來土族的地方神祇「拿督公」。

維妮塔總結時，認為這是一種「混搭」的現象，並指出部分印度教徒和道教徒，在參拜頂禮時會自行選擇對他們有「意義」（掌管某種功能）的神明，即便這早已跨越了原來的既定傳統。

就如同新加坡到處可見的菜飯攤一樣，各大咖啡店和小販中心都有，菜色任君挑選，還能選擇是否搭配白飯、白粥等。（我呢，則喜歡茄子、馬來風光（番薯葉炒叁峇辣椒）、蒸蛋和咕嚕肉。）

拾肆

當我想買房子，自己搬出來住時，我下意識地到了波東巴西，一家發展商即將開發的公寓的陳列室。我在這裡打轉了大約半小時，然後終於下定決心，此後就不再去看其他的公寓的陳列室了。

以往，因為好朋友住在波東巴西，所以我常來。自學生時期，我就覺得這地方與眾不同。這裡沒有格外醒目的發展，社區也沒怎麼翻新，但在空氣裡，能感覺到一股靜謐和舒適感——這股內在的平靜，能使人找到明確到道路與方向。

拾伍

　　幾乎八成以上的新加坡人都住在新加坡建屋發展局（Housing Development Board）所建造的組屋（公共房屋）裡。但主要能申請到組屋的，你要不得結婚，要不就得等到三十五歲後才能申請。對許多新加坡男女而言，一起申請組屋就如同「求婚」，有時還更勝於「求婚」。

　　作為一名男同志，我一直希望能在三十五歲時找到自己心儀的房子，搬出去住。

　　我父母知道我是同志，也似乎對此事不那麼介意了——我們也甚少提及此事。他們從來沒有說過想要見我的伴侶，對，我並沒有在抱怨。這樣的平靜與安排對彼此應該是最好的安排，雖然偶爾還是會有些疙瘩。例如當我的弟弟帶他女友回來吃飯時，我父母則毫不猶豫地接受她為家庭成員。

　　然對於我搬出去，他們算是支持的，這包括他們參與了我買房子和搬家時的整個過程。他們甚至還介紹我裝修老家的公司。老媽還不時傳給我一些居家設計的短片和文章鏈接，還陪同我一起去買家具。當然，他們也借了錢給我買房子。

　　亞洲家庭特別愛談「買房子」的話題，往往到那種忍無可忍的程度。然而，我覺得「買房子」往往也是一種上一代對下一代人的關心和祝福。

拾陸

　　在二〇一一年的大選時，詹時中離開了波東巴西，將志向伸

到了另一區參選。他的太太羅文麗（Lina Loh）則在波東巴西競選。結果，兩夫婦都功敗垂成。歷經廿七年後，相差一百一十四票險勝，執政黨終於重獲席位。票選結果將出爐的夜晚，詹回到了波東巴西，許多選民雀躍激動，聚集歡呼，希望反對黨能回到這一區來。次日早晨，落選後，詹在社區裡謝票，這讓好多支持他的選民放聲痛哭。

波東巴西的新議員，盡可能保持詹留下的傳奇。在二〇一九年時，他在報章受訪時表示：「當我們重新整修在大牌一百三十六號和一百四十號的公園時，我特地囑咐大家必須要保留詹為公園開幕的牌匾，以及在他立在入口的兩尊石獅子。今天這些都還在！」

但改變是不可避免的。波東巴西如今已是新公寓林立，整個社區也顯得比較「高格調」了些，還開了三家新式咖啡館。

拾柒

當然，我也成了這「改變」的一部分──我在二〇一九年四月三日遷入波東巴西的公寓小單位。搬家當天，箱子幾乎都能填滿整個小地方。我請了三天假才將所有的箱子拆開整理好。在那之後，我簡直累癱了，卻也格外興奮。

搬進來時，順手到了附近咖啡店旁的一家植物店，為浴室添了一盆「養不死」的萬年青。而現在，家中差不多一百多盆大大小小的植物，簡直就是個小森林。

我的伴侶就住在附近，週末時會來過夜。

當我在陽台上眺望整個社區時，我不時會想起詹時中先生的社區標語，「波東巴西，我這般中意的小鎮」（Potong Pasir, My Kind of Town）。

....

註釋

[1] 裕廊在最西部，而樟宜在最東部。前者以工業區聞名，後者以機場著稱。要到這兩個地方，總讓人倍覺麻煩。

[2] 咖哩角：Curry Puffs，又譯「咖哩卜」，像是炸過的黃金脆皮餃子，以咖哩調味，內含馬鈴薯、雞肉、洋蔥等，是新加坡著名的民間小吃。

[3] 後港和盛港皆在波東巴西的東北部。新加坡的東北地鐵線將這三個地區聯繫在一起。

[4] 人民行動黨：英文名稱為 People's Action Party（英文縮寫為 PAP），是新加坡獨立建國以來的唯一執政黨。

[5] 公積金：「新加坡公積金計劃」（Central Provident Fund）的簡稱，是新加坡強制性的儲蓄計劃，成員為新加坡公民和永久性居民的勞動人口，用以應付其退休、健保和購房需要。公積金由人力部轄下的中央公積金局（Central Provident Fund Board）管理。

[6] 新加坡民主黨：英文名稱為 Singapore Democratic Party（英文縮寫為 SDP），由詹時中於一九八〇年創立。

[7] 馬來語音譯「Kampong」，指鄉村、農村。

[8] 英文原文使用「Jamban」，該詞來自印尼文，指廁所。但本文裡，特指舊式木製／鐵質馬桶，那種必須定時有人來清理夜香（糞便）的舊式馬桶。

[9] 阻斷措施：疫情期間，新加坡於二〇二〇年四月七日至六月一日實施的「封城」措施，其中包括非必要行業需全國居家辦公，所有學校安排學生居家學習等。

[10] 德士：Taxi 的音譯，指計程車。

....

那一路的事後幸福與遺憾　｜　李集慶

自以為是的童年
乘著上氣不接下氣的巴士
在一百八十一路上從武吉知馬七條石顛簸至四條石 [1]
轉九十三路途經大巴窰一路到大成巷
（幾十年後才知道實為裕盛）[2]
斜坡上大慶花園盡頭石牆邊上
沿石梯拾級而上
踩過小段碎石路，拉開吱吱作響油漆未完的生鏽鐵門
鋅板木屋前據說是龍眼樹的幻想，或是寄託
屋後那口水井
悄悄沉澱著恐懼淚水失望幻想
堅決與茅廁劃清界限

親眼目睹三十六門夜香車
成了歷史見證人徽章
記憶裡怎麼搜索都沒有走進茅廁拉下褲子蹲到坑上的蛛絲馬跡
倒是隱約看到拆遷時母親仍不願捨棄那個婚慶色彩痰盂
應該就是守護免於夜裡踩空掉進坑的神器
錯過了一屁股歷史

羅弄阿蘇記憶多是夜色瀰漫[3]

街燈不普遍年代裡異常明亮

人聲鼎沸夾雜鑼鼓喧嘩，求神拜佛叫賣講價

電線四通八達網住了一顆顆閃爍繁星隨風搖擺

鹹酸甜小吃色彩繽紛誘人

居於海南園而不懂一句海南話

在大鑼大鼓掩護下扯開嗓子胡鬧

瓊州人望關公舞刀要砍人嘞

台上不分紅臉黑臉都是搖頭晃腦

古人是不是沒調子就不會說話

住家板牆新舊參差

攢錢買夠了木板召喚三幾好友

架牆開窗釘釘敲敲分期擴建又框起一房

鄰居家參天芒果樹

刮風下雨落下果子，正好

從新蓋房頂順勢滑落少受損傷

一有風吹草動

不管白天夜晚

總是提高警覺細心聆聽

趕在鄰居現身現場之前

速速把受驚嚇芒果搶救到安全地帶

眼前的麵包車，小廂車裡載滿麵包

三三兩兩地搬到腳車載著的大木箱裡

鈴聲一路丁鈴鈴響

偶爾停下來，把麵包掛在大門上，像是標記

一斜坡房子有時會出來人招手

簡單買賣，多少趟才換來

一塊毫不猶豫水果蛋糕一瓶不假思索冰可樂

心滿意足沒有意識更沒有思考勞力與買賣獲益之間的關係

滿意的臉，面無表情的疲憊，沒有語句

節日畫面零星

努力忘記被搬走那一整大箱玩具

和其他孩子一起玩成為了一觸即發的地雷

獨自天馬行空，身外世界

浮躁虛偽欺詐險惡自私愚蠢

小鈴鐺在國華戲院及時出現

木偶對旋律耐心傾聽，察言觀色

才能變成孫悟空，一個跟斗到天上

路途另一端

馬來降頭畫面連接中華戲院

電影膠片投影儀在木屋後方噠噠作響

法術控制他人思想意願

牆上洞裡射出神秘強光

控制不了屏幕上神秘的白點斑駁

斷片空白恰似魂消魄散

偶爾，斷

電

更是身臨鬼屋其境

美世界社會大學

沒有牌坊沒有大旗

日復一日 work live learn play

住家商店熟食菜果海鮮禽鳥

雜貨書店服裝戲院

幼兒學步椅子踩出一個新時代

老人窩坐藤椅望著街坊

年輕喪夫女店主只賣時髦女裝

而不死心男顧客三天兩頭上門說想給母親挑衣服

賣完早餐，咖啡店接上板搭門

店外架起大鋼鍋煮起隔天的豆沙餡

老闆家上英校中學女兒在店裡給世界鄰里孩子補習英語

店口肉乾攤女兒換下校服

跟過來免工資助手殷勤陪伴翻烤肉乾

活雞攤魚販攤挨著一早上食客不斷的魚粥攤

呼應另一角與公廁咫尺之遙的南島香海南雞飯

因果循環歷歷在目
置放到水果店大冰廂房冷藏保鮮淡忘
和唯一一家英文書店一樣神秘但卻坦然

店面面向主幹大路
訪客習慣橫過馬路，走進交警埋伏
熟門熟路前門直通後門
消失到後巷網絡
癮君子通天能力更高一籌
一絲動靜一上閣樓無影無踪
都有一技之長有家人朋友

祝融養成拜年習慣
年夜飯後，天邊亮光接通了電話
多少次以骨折搶救出來的家具貨物
沒有講述沒有記憶
就像那一年大雨，巴士困在大巴窰
多年後才知道你在車上過了一晚上
隔天早上若無其事還帶回來早餐
送你出這一趟遠門
總覺得你哪天早上會回來一起早餐
事後的幸福和感恩，沉澱在心裡遺憾
等待哪天

註釋

1 武吉知馬（Bukit Timah）；「一條石」等於「一英里」。比如裕廊路
（Jurong Road）有十八條石、新加坡南洋理工大學是在十四條半石、林厝
港有十九條石等。「條石」是方言詞，當年各主要道路上都豎著計算路程的
「里程碑」（以洋灰砂石製成）。條石的計算一般以市區為起點。另，若
以「四條石」為例，確實地點在哪裡得看指的是哪個地區，若是武吉知馬
（Bukit Timah）四條石，大約是在以前的新加坡大學（今天的植物園延伸
部分）；若是後港（Hougang）四條石，大約是目前的實龍崗路上段（Up-
per Serangoon Road）和布拉德路（Braddell Road）交界處。

2 裕盛（Joo Seng）。

3 羅弄阿蘇（Lorong Ah Soo）。

作家
簡介

作家簡介（按目錄順序排列）

鄺偉雄

筆名小鄺，本地繪本作家，畢業於拉薩藝術學院視覺藝術系。從事平面設計多年，現為資深多媒體工程師。作品包括：繪本《豬邏輯》，兒童繪本：包括《去阿嬤家》（二〇一四／一五年讀吧新加坡選定讀本）、《弟弟，不要怕！》、《我有一朵會下雪的雲》和《米朵圖書故事繪本系列》。二〇一九年，他是韓國原州土地文化館（Toji Cultural Centre Wonju Korea）的新加坡駐地作家。

吳偉才

一九五一年生，人類。

鍾秀玲

女，土生土長的新加坡人。新加坡第三代移民，祖籍廣東大埔，客家人。畢業於新加坡理工學院化工系，後負籍澳大利亞西悉尼大學（Western Sydney University），主要研究「食品加工」；目前從事食品原料銷售業。著有仙俠小說《緣定黎夕》。

馮啟明

詩人、編輯、選集學者、譯者與學者。近廿年以來，馮博士不懈地嘗試與實踐他的文學藝術理想，足跡踏遍了新加坡和世界各地。作品選入《牛津現代詩歌導讀本》（Oxford Companion to Modern Poetry），同時，其他作品也被譯成二十多種語言，包

括瑞典文、克羅地亞文、馬其頓文、華文、法文等。曾榮獲新加坡青年藝術家獎，新加坡青年獎，及日本商工會議所教育獎等。於二〇二一年，委任墨爾本皇家理工大學榮譽客座教授；二〇二二年受委都柏林文學獎評審。暢銷書籍包括《名的起源》（What Gives Us Our Names）、《當野人到來時》（When the Barbarians Arrive）、《發生了什麼事：一九九七至二〇一七年精選詩》（What Happened: Poems 1997-2017） 與《無可打擾的時間》（Uninterrupted time）等。

林得楠

新加坡作家協會會長，出版社玲子傳媒執行董事兼總編輯。二〇〇一年獲得新加坡國家藝術理事會主辦金筆獎華文詩歌組第二名，二〇〇三年獲得第一名；二〇二〇年獲得香港首屆紫荊花詩歌貢獻獎。著有詩集《懷念小燈籠》、《夢見詩》與《如果還有螢火蟲》。林得楠也從事兒童文學創作，曾以「喊喊哥哥」為筆名主持兒童信箱長達十年，是多部兒童繪本的撰稿人。近年出任多項文學獎與創作賽評委，包括南洋華文文學獎與馬華文學獎。

牛油小生

陳宇昕，筆名牛油小生，在島與半島間，寫散文寫小說但不敢寫詩，出過幾本書，搞垮了一份迷你誌，庸庸碌碌。

周維介

一九五二年生於新加坡。畢業於南洋大學、新加坡大學與香港大學。曾任職於教育部、報社，後下海從商。曾任文學雜誌《同溫層》、文藝副刊《獅城文藝》、專業期刊《華文老師》主編；柏楊主編《新加坡共和國華文文學選集》編輯委員。多次擔任本國《金獅文學獎》、《新加坡文學獎》；馬來西亞《花蹤文學獎》

決選評審委員。著有《文學風景》、《新馬華文文學散論》、《南下的五四水手——許傑文學歷程探索》、《收割手札》、《千花樹》等作品。

艾禺
本名劉桂蘭，新加坡作家協會副會長，世界華文微型小說研究會秘書，海外華文女作家協會會員。出版作品包括：《艾禺微型小說》、《困鳥》、《海魂》、《那一間小小的、小小的甜點店》等。曾經是電視人，以創作電視劇為主，現為自由撰稿人和駐校作家。

蔡欣洵
原籍馬來西亞，現為新加坡公民，來自吉打州。著有散文集《有時，我們遠行》。曾獲得二〇二一年第四屆「方修文學獎」詩歌組優秀獎和入圍台灣第四屆「周夢蝶詩獎」決審。目前是理工學院的高級講師。

歐筱佩
一九八三年生，霹靂州怡保人，目前生活在新加坡。曾獲香港青年文學獎、大馬大專青文學佳作、新加坡金筆獎、新加坡詩歌節創作獎等。作品散見於新馬中港台刊物。

林方偉
新加坡《聯合早報》資深高級記者，曾為電影《想入飛飛》編劇，亦寫小說、翻譯和研究文學。他將碩莪巷的舊事寫成小說《死人街三輪車上的小姐》獲頒二〇一七年新加坡金筆獎。他近年研究南洋文化史、劉以鬯與張愛玲，發表有關張愛玲母親（黃逸梵）與好友（炎櫻）的研究文章，在華文文壇備受矚目。

何志良

筆名司徒畢，斜槓中年、編劇、教師、影評人、偽文人。買書太多來不及讀，意涵太多來不及補。不務正業之餘，努力不誤正業。廣東人所謂：「周身刀，無張利」，充分展現什麼是「jack of all trades，master of none」。不愛旅遊，因為懶，家裡堆了一大堆的玩具，給自己貧乏的童年作補償。基本上，大俗人一枚。三十沒立，四十還在繼續惑，生平無大志，混吃等死的墮落下去，也是種自由的選擇。

潘正鐳

一九五五年生於新加坡。南洋大學畢業。曾任《聯合早報》副刊主任，《新明日報》總編輯。獲法國國家文學暨藝術騎士級勳章。著有詩文圖綜合文集《太陽正走過半個下午》，詩集《告訴陽光》、《赤道走索》、《再生樹》、《天毯》、《天微明時我是詩人》、《@62》，散文集《交替時刻》及採訪文集《天行心要——陳瑞獻的藝踪見證》等。是一位新加坡少數持續和舞蹈、美術和音樂同道做藝術跨界呈現的詩人。

黃文傑

一九六七年生於獅城，父母原籍馬來西亞；工程系畢業。業餘寫詩，已出版兩本詩集，《夜未央》與《短舌》。於二〇一八年，因工作常駐泰國，間隔來回新泰之間。

楊薇薇

新加坡人，劍橋大學哲學博士。作品包括短篇小說《這些傻事與其他故事》（These Foolish Things & Other Stories）。

李氣虹

男，新加坡公民，資深新聞記者、學者、時事評論員。一九六七年出生於馬來西亞柔佛州笨珍縣，新加坡國立大學文學士、台灣政治大學東亞研究所碩士、新加坡國立大學中文系博士。曾任新加坡《聯合早報》駐台北、香港、廣州特派員長達八年，現任該報中國新聞組副主任，兼任南洋理工大學中文系講師，著有《中國競技體育揭秘》（一九九六）、《從「中國人」到「台灣人」：台灣人政治認同的轉變（一九九五至二〇〇八）》（二〇二二）。

伍政瑋

一九九五年生，新加坡人。新加坡國立大學藥劑系畢業，目前從事醫療工作，業餘寫詩。熱愛在生活日常中，尋找一點一滴的「藥效」，進一步濃縮成一首「詩」。

洪均榮

筆名「空·龙猫」，一九九一年生于新加坡，現任新文潮出版社的創社編輯。曾擔任《WhyNot 不為什麼》主編，也編有《一首詩的時間》（兩輯）、《不可預期》等。深信寫詩和創作要像張無忌，越忘得徹底，招式越打得厲害。

周昭亮

定居獅城十五載，成長於香港，日間行醫，晚間寫字。人生四十幾，也不經不覺寫了七年，不再年輕，不再是新人，出過一本詩集《萬有醫始》。現在要更努力彌補過去花在科學而沒有讀經史子集的日子，所以今年決定多點喝水，多點運動，多點讀書，多點寫詩寫文。

譚光雪

藝術工作者，常以「安普樂」（Ampulets）為設計工作時筆名／代稱。近期的作品包括《毛毛與矮矮》（Furrie and Shortie）第一至三期，以及藝術出版《我們一起醒來的那天》（A Day to Wake Up to）。

曾國平

筆名語凡，新加坡文藝協會副會長，《新加坡文藝報》主編。曾經出版七本詩集，一本散文詩集。最新詩集為新文潮出版的《查無此人》。他曾獲第四屆「方修文學獎」詩歌優秀獎，「台灣詩學創作獎」散文詩佳作獎，台灣「華文現代詩五週年詩獎」正獎，台灣「人間魚年度金像獎」，入圍「新加坡文學獎」等。

鄭景祥

出生於新加坡蔥茅園，祖籍廣東鶴山。新加坡國立大學中文系畢業，寫詩也寫散文，現為新加坡作家協會副會長。曾獲新加坡青年藝術家獎、全國詩歌創作獎、亞細安青年微型小說獎，以及世界華文報告文學獎等。著有詩集《三十三間》及散文集《忘了下山》。

吳慶康

新加坡資深媒體人、作家，以及音樂人，縱橫這三個領域超過四分一個世紀。在二〇一二年的新加坡國慶群眾大會上，新加坡總理李顯龍也引述了吳慶康博士的文字作品。

吳博士至今出版了二十二本文字作品，創作了無數歌詞，並出版過四張個人演唱專輯。演唱過他的作品的海內外歌手包括張學友、劉德華、那英、蘇永康、動力火車、巫啟賢、許美靜、蔡健

雅，以及孫燕姿等。吳慶康博士也是多屆「紅星大獎」最佳主題曲和「新加坡金曲獎」最佳歌詞獎項的得主。

黃子明

本科畢業於新加坡國立大學中文系，隨即於英文報館充當翻譯及記者，爾後乘著學習德文的興致，遠赴德國布蘭登堡理工大學，修讀文化遺產學碩士。回國後一度浸濡於印度傳統表演藝術的推廣工作，接著重回德國，以跨文化對話為博士論文專題。又曾於新加坡南洋理工大學從事博士後研究，兼任中港台電影賞析的教學。著有《優影振天聲：牛車水百年文化歷程》一書，回顧新加坡自晚清以降的方言族群興衰，並探討後殖民社會的文化傳承問題。

林偉傑

新加坡（英語）詩人、譯者，熱衷於文學評論。著有詩集《變易書》（Book of Changes，二〇一六），及《除了人》（Anything but Human，二〇二一）。編有《美食共和國：新加坡的文藝饗宴》（Food Republic: A Singapore Literary Banquet，二〇二〇）等，第一本標誌性的（英語）新加坡飲食文學選集。為二〇一五年，新加坡金筆獎英語詩歌獎冠軍得主（新加坡國家藝術理事會所舉辦）。

李集慶

新加坡國立大學學院（NUSC）講師。人格分裂於戲劇和詩歌之間，年齡已經不適合偽裝文藝青年的文字遊民。

地方
小記

地方小記一：史密斯街，那碗老火湯

　　他在知天命之年，觀察到了新加坡處處「缺湯」，所以毅然決定再創業，並選在史密斯街（Smith Street）開了一家「老火湯」。他一直對新加坡的牛車水情有獨鍾，認為那裡是新加坡早期華人的紮根地，具有獨特的歷史與情感意義，還埋藏了好多珍貴的記憶。同時，好多新加坡成功的企業都曾經在牛車水一帶紮根。在那裡，他有機會向這些成功企業交流，互相勉勵與借鑒，使他堅信創業永遠不會太晚，且要越戰越勇。

　　畢業於新加坡中醫學院，他對於養生飲食必然是非常重視——尤其是在這個壓力大，且日新月異的大城市裡。他細心研發與改良的每一款湯，都以新加坡人的口味為念，盅盅件件不僅令人垂涎欲滴，還是深具中醫學養生之妙效，是聚集百利於一身的經典靚湯。抱持著湯能利益大眾的理念，二〇〇三年他在史密斯街的第一家「老火湯」瞬間就成為了本地食客的熱點，業務也蒸蒸日上。

　　疫情期間，他更是逆流而上，開設多家分店，也意識到了此刻加強國人免疫力的重要性。他認為必須活到老學到老，並且應該繼續為社會貢獻，好好地將華人美好的傳統與老火湯傳承下去——他正是「老火湯」的創始人，湯王沈希。

地方小記二：無獨有偶的武吉知馬

　　七〇年代，武吉知馬七條石至十條石之間全是甘榜，但卻是他的小樂園。那時交通不太方便，往往是一步一腳印，用心地走，用心地將地方風景映入心中。就讀於義安工藝學院，他一會到「美世界」尋訪美食，一會則到道義路的甘榜採紅毛丹——那裡的大排檔、飲料廠，或汽車廠等，各個地標都諳熟於心。

　　當年經過舊福特汽車工廠（Ford Factory），初初並未引起他的注意，但卻深深地影響了他後來的卅餘年。先是在美國聯合碳化物公司（Union Carbide）工作，輾轉至金鐘集團（Goldbell Group），他才赫然察覺金鐘創立設廠時，原址竟在舊福特——現為昭南福特車廠紀念館，是新加坡國家古蹟。

　　一九八〇，福特公司退廠，金鐘入駐舊福特——主要做叉車經銷，在短短的一年半內，業務迅速發展，後來也開始做三菱扶桑卡車與巴士的經銷，直至今日。無獨有偶，舊福特從生產汽車，到二戰時作為英軍的飛機維修廠與日軍的軍用車生產線，到後來金鐘承接，在很長的時間裡，一直都是汽車與機械生產的福地。

　　今日重回舊地時，重見舊福特與 The Rail Mall，心中是滄海桑田。當我們正享受著前人種的樹時，也該思索能為後人做些什麼——他正是那位曾在武吉知馬走透透，現為金鐘集團常務董事，鄭有鷹。

地方小記三：以誠待人，以信為本

　　出生在榜鵝的甘榜裡，家中盛行飼料業，供應飼料給農場。記得兒時就開始幫忙家中跑業務，幫忙送雞蛋；在十二歲時，自己做起了「小買賣」，在咖啡店前面擺攤賣水果 —— 水果是媽媽從坡底（市區）買回來的。

　　而就讀南洋大學經濟系時，還加入了「南大攝影學會」，並在一九六八年，擔任了第七屆國際學生攝影沙龍的主席，還舉辦了國際照片展，一千兩百多幅來自世界各地學生的作品，最後在國家圖書館展覽，由當時的文化部長來剪彩。

　　後來，輾轉到了七〇年代時。機緣巧合下，跟著哥哥到日本沖繩和台灣等地，參與了汽車展，萌生了濃厚興趣。回到新加坡時，便應徵了汽車行 Asian Motors，與汽車結下不解之緣。因工作表現和業績良好，數年後，和老闆出差到日本談進口，還帶上女婿當翻譯。此行，不僅累積了寶貴的經驗，還讓他輾轉看到舊車進出口的商機。而且有時，為了確保汽車在港口順利出貨，他甚至徹夜守候，絲毫不敢懈怠。

　　很自然的，他後來開了自己的車行，在一九七九年看準了二手車轉售到峇淡的商機，賺了人生第一桶金，開啟了事業興旺的新篇章 —— 他正是酷愛攝影，以誠待人，以信為本，麗都（Leco Auto）的創辦人，黃海慶。

地方小記四：古早心做出的古早味

　　童年的美好時光能造就一個人。孩提時代，住在羅弄柏拉達（Lorong Beradab）的甘榜裡生活，讓他嚐遍了周邊的古早美食——戲棚旁的夜市、就讀的楊厝港小學旁的海南雞飯、馬來鄰居賣的馬來滷麵和糕點、不遠還有蝦麵、魚圓麵，不時還有麵包車、羅惹摩托等。小學生的他就特別喜歡吃，記憶裡的各種美味一直繚繞心間，造就了他的「皇帝舌」與後來的事業。

　　輾轉到了十三歲時，才搬離了甘榜，到了組屋裡生活。回想起來，甘榜裡從不缺美食，但母親每日在休息時間，送飯到學校的身影恍如昨日，或許母親的味道才真正的「古早味」。

　　長成後，因自小就愛吃，又執著於「古早味」，他在千禧年時開始進軍「食格」（Tingkat）外送服務，每天和老頭手起早摸黑去不同批發市場選擇最新鮮的食材，配合母親的食譜，憑著一顆「古早心」，日日苦心研發菜色，且堅持不用味精，一定要原汁原味地呈現。

　　他的願望是將新加坡街邊小吃、小販的古早味都聚集在一個舒適的環境裡，先是在實里達商城，後在新郵中心實踐，室內裝潢從一磚一瓦、壁畫到音樂，皆是古早情懷——而他正是環島搜羅美食的 Thomas Hong，是 Singapura Heritage 的創辦人。

地方小記五：積累與堅持的人生旅程

　　搬來時，周圍還是「紅土路」，沒有交通燈，連電線都是用木桿支撐起來的，還不時停電。孩提時代不諳世事，對於怎樣才是優渥的生活沒有太多想法，就跟在父親身旁，和孩子們在一旁嬉戲玩鬧。而最難忘懷的，便是雨季來臨時，紅土路的坑坑窪窪開始積水。也不知道是哪來的，裡頭總是滿滿的蝌蚪。蝌蚪的生命力頑強，不論怎麼抓來餵家裡的金龍魚，雨天再來時，總能聽見青蛙鳴，和看見積水裡的蝌蚪。

　　原先在許錫林（Koh Sek Lim）一帶的山崗上，生活寫意逍遙，居高臨下時，還能清晰望見聖公會中學。來到德福十一巷（Defu Lane 11）時初初不適應，但八〇年代時，這裡開始熱鬧起來。大人面對雨天時可沒那麼高興，因為貨車總是卡在路坑裡，要是不在輪胎前插一根木板，貨車無法使力前行。

　　對他而言，人生也好，做生意也罷，有時不一定有明確的方向，也不知道前路會有怎樣的邂逅，雖不是人人都一帆風順，但初衷與信念不能動搖，需要積累也需要耐心。見證了八〇年代德福巷一帶，從荒蕪到日益蓬勃，至今日孕育了許多上市公司，總有種令人說不出的欣慰。有幹勁、有決心，做事懂得樂在其中——他是優聯燃氣控股的集團總裁，張學彬博士。

新加坡國家圖書館出版品預行編目（CIP）資料

National Library Board, Singapore Cataloguing in Publication Data
Name(s): 孤星子 , 1987-, editor.
Title: 我獅城，我街道 / 汪来昇 主編 .
Other Title(s): 文学岛语 ; 009.
Description: Singapore : 新文潮出版社 , 2022.
Identifier(s): ISBN 978-981-18-4364-8 (Paperback)
Subject(s): LCSH: Singaporean literature (Chinese)--21st century.
Classification: DDC S895.108 --dc23

文學島語 009

我獅城，我街道

主　　　編　汪來昇
總　　　編　汪來昇
責 任 編 輯　洪均榮
美 術 編 輯　陳文慧
校　　　對　汪來昇　洪均榮　歐筱佩
出　　　版　新文潮出版社私人有限公司
　　　　　　TrendLit Publishing Private Limited (Singapore)
電　　　郵　contact@trendlitpublishing.com

中港台發行　秀威資訊科技股份有限公司

新 馬 發 行　新文潮出版社私人有限公司
地　　　址　366A Tanjong Katong Road, Singapore 437124
電　　　話　(+65) 6980-5638
網 路 書 店　https://www.seabreezebooks.com.sg

出 版 日 期　2022 年 8 月
定　　　價　SGD 32 ／ NTD 400

建 議 分 類　新加坡文學、當代文學、人文地理

Copyright © 2022 TrendLit Publishing Private Limited
All Rights Reserved. Printed in Taiwan.

鳴謝本書贊助商（按英文拼音排列）

BU by Shen Xi, Goldbell Corporation Pte Ltd, Leco Auto Pte Ltd, Singapura Heritage, Union Energy Corporation Pte Ltd

五 條 石 橋

切 月 眠 路

路 小 印 度

路 武 吉 班

槽 路 水 仙

榜 格 南 武

路橋北路柏

大巴窰俊

東巴西哈芝

條石羅弄

皇鎮淡濱

馬甘榜格